U0165602

凝煉知識品味閱讀

【中文思辨與表達】經典文選

我是誰？

修訂一版

一本小書也是一本大書

從經典啓發思考，向經典學習表達

逢甲大學國語文教學中心

五南圖書出版公司 印行

編輯理念　從經典啓發思考，向經典學習表達

核心理念

「文質彬彬，然後君子。」

文雅的表達形式、厚實的本質內涵，兩者搭配得宜、相得益彰，這是修身的目標，當然也是大學國語文教育的理想。

由此導向現代教育的詮釋，全人教育應當是所有學科共通的理想，在教導專業知識的同時，也能服膺學科倫理的規範，兼容知識與倫理。因此，不論是自然學科或人文學科，都以人文素養為根柢，落實於社會應用。

對應上述目標，本校國語文教學，融合表達形式的鍛鍊、人文素養的薰陶，以古今、中外之經典為依歸，取法乎上，一方面思考經典的討論主題，與現代情境對話；一方面效法經典的表達形式，轉化為現代應用。

中人以上，都可以向上提升

強調「因材施教」的同時，也要留心。

子曰：「中人以上，可以語上也。」

換句話說，中等程度的大眾都有提升的潛能。在教學方法上，可以依據學生表現的差異，調整教學策略；但是在教學內容上，不該以淺碟化的教本限制發展潛能，而是應該以優秀的範文，開其視野、增其能力。

長期以來，社會集體賦予經典高不可攀的形象，自我侷限，投射在教學現場，時見以次等的內容作為教學的範本——取法乎中，得乎其下，弱化的教學內容，直接導致學生能力退化。

因此，在教學策略面，應當因材施教；但在教學內容面，應當取法乎上。

廣義的語文應用，接軌社會需求

大學教育應當接軌社會需求。語文教育當然如是。

然而，我們需要進一步追問：社會的語文需求是什麼？最核心當然是表達意義。為了講述事件的過程，所以發展出記敘文；為了闡述自身的理念想法，於是衍生為議論文；為了表達內心的感受，因此表現為抒情文。傳達經歷、想法、感受，就是社會對語文的需求。

為了傳達複雜的經歷、思想、感受，因此需要技術的鍛鍊。換句話說，所謂美感的表達，並非是外在的裝飾，而是為了傳遞豐富的內涵，所以採取相應的策略。

在這個層面上，語文當然有強大的應用功能。可惜的是，目前習慣將「語文應用」侷限在公務文書，無疑自我限縮。

因此，在社會需求面，大學語文教育應該涵蓋經歷、思想、感受的閱讀與表達。

融合永恆與當代

為了達成上述目標，本校國語文教學中心自110學年度起，啓動教材改革，由人文社會學院何寄澎院長擔任主編、國語文教學中心徐培晃主任擔任副主編，召集專、兼任教師，並諮詢外部委員，共同討論主題方向、教材內容、結構體例。

歷經多次商議，何院長最終擬定，以全人教育為目標，取材於古今、中外文學文化經典，分別以「生命的思索」、「文化的傳衍」為主題，觀照個人與群體的關係。

上篇「生命的思索」以生命的歷程為主軸，從認識自己出發，從而展開生命的成長、人倫的情感連結，再擴展為價值的堅持與辯證，最終思考生命意義的追尋。整體來說，乃是以「我」為出發點，層層向外擴展，在個體與群體的互動中，探索生命的成長。

下篇「文化的傳衍」則是從文化的多元面向切入，包含漢字文化意涵、神話傳說體現的文化意義、沉積在地景中的文化歷史痕跡、知識分子的社會關懷、以及生命美學的昇華。整體來說，乃是以「文化價值」為出發點，個體必然受文化氛圍的浸潤薰陶，從而內化為生命的價值取向。

在此必須強調，跨時代的主題、經典的選文，必須搭配現代性的詮釋，才能兼具永恆與當代。因此，開篇首先以「我是誰」為主題，分別選錄屈原〈橘頌〉、張曉風〈潘渡娜〉。前者是屈原的年少之作，帶有自我惕勵的生命熱情；後者則是華文第一篇科幻小說，探討人造人的科學倫理。古今並讀，對主題「我是誰」的思考，激盪出更豐富的對話。

隨之以「成長」為主題，以「人生不只一條路」為名，分別選錄《左傳》公子重耳故事、沈從文〈我讀一本小書同時又讀一本大書〉。重耳從優渥的生活中被迫流亡十九年，期間也曾耽於逸樂，幾經轉折，最終一步步崛起，成為一代霸主。這麼精彩的故事，不論用哪個時代、哪個地區的語言描述，都深具意義，因為這是超越時空的生命啓示。至於沈從文則描述鄉間的野孩子，以兒童的眼光，讀世界這本大書——在影音數位的時代，對世界保有好奇，也成為深刻的命題。

因此本教材定名為「我是誰？——一本小書也是一本大書」，從認識自己出發，既是課堂書籍的引導，也是個人生命之書的探索，同時導向社會、文化之書的啓發。

向經典學表達

為了融合人文素養的薰陶、表達形式的鍛鍊，乃以內容為經、形式為緯，將敘述力的鍛鍊，融入到各單元主題當中，效法選文的表述方式，設計作業練習，俾使閱讀與實作順利銜接，內化為自身的表達力。

因此，表達形式的鍛鍊，包含了：形象描寫、議論、敘事、書信、歌詞、圖文、簡報、簡易企劃等多種類型。並且以「多元思考」、「作業練習」相互搭配，一者將經典的內容轉化為當代情境的對話；一者將經典的形式轉化可以仿效的方法。

坊間的應用文教學，往往單就形式技術面入手，缺乏紮根的底蘊。以至於乍看速成、現學現賣，然而一旦更換應用的情境、需求、對象，學生便束手無策，打回原形。向經典學表達，正是為了對治弊端，先紮馬步，再練揮拳，體會所有的語文表達都是奠基在人倫的基礎之上，先合情合理，口說與行文才能真正做到入情入理。

本教材於110學年度啓動構思，由何院長帶領撰寫團隊，凝聚主題共識、敲定體例原則，確認詮釋方向，於112學年度正式施行，並諄諄提醒撰寫教材應該「不媚俗」、「對得起良心」、「即使沒有完美的教材，也應當盡力趨近完美」。

因此，本教材不是定案，而是啓動，且盡力趨近完美的開始。「天行健，君子以自強不息。」——這是我們的信念。

目錄

CONTENTS

上卷　生命的思索

第一單元

我是誰

陳逸根、劉梓潔

單元理念

在高喊「做自己」之前，是否先該自問：我是誰？

「我」從來不是已經寫定的答案，而是被各種因素不斷塑型，諸如自身性格、生命經驗、學習歷程。當我們正在體驗生命，「我」，就是動態的過程，持續發展。

或許可以換個問法：我想成爲什麼樣的人？我的本質是什麼？

我想做個好人——屈原年輕時寫作〈橘頌〉，以橘的芬芳自擬，這麼單純的本意，在動盪的世局裡堅持初衷，竟成爲高尚的情操。

生命的本質是靈魂——靈魂，多麼古老的命題，在生物科技、人工智慧高速發展的年代，有了全新的意義。張曉風〈潘渡娜〉逼問：人與複製人的差異在哪裡？這已經不是空談、不是科幻，也不是小說，而是不久的將來即將面對的問題。

經典閱讀一

橘　頌　屈原

后皇嘉樹，橘徠服兮。受命不遷，生南國兮。
深固難徙，更壹志兮。綠葉素榮，紛其可喜兮。
曾枝剡棘，圓果摶兮。青黃雜糅，文章爛兮。
精色內白，類任道兮。紛緼宜脩，姱而不醜兮。
嗟爾幼志，有以異兮。獨立不遷，豈不可喜兮？
深固難徙，廓其無求兮。蘇世獨立，橫而不流兮。
閉心自慎，終不失過兮。秉德無私，參天地兮。
願歲并謝，與長友兮。淑離不淫，梗其有理兮。
年歲雖少，可師長兮。行比伯夷，置以爲像兮。

選文題解

本篇選自《楚辭．九章》，是一首詠物賦，爲屈原的早期之作。透過讚頌橘樹「受命不遷」、「紛緼宜脩」等特質，形容「蘇世獨立」、「秉德無私」的美好人格，詠物述志。描寫橘的生長、外型、枝條、果實，同時賦予象徵的意義，透過擬人化的與橘爲友，表達深切的自我期許。

作者簡介

屈原（343 B.C.？～278 B.C.？），名平，字原，屈氏爲楚國王族三姓貴族之一（屈氏、昭氏與景氏），根據屈原在〈離騷〉所言，屈氏是帝高陽，也就是五帝之一顓頊的後代；父親就幫他取了「正則」

與「靈均」的嘉名，希望其效法天與地的公正、廣大，此即「平」、「原」之寓意。

屈原飽讀詩書、品格高尚且有政治遠見，得到懷王的信任與重用，負責擬定憲令與擔任外交使節等重大事務，也擔任過三閭大夫培育王族三姓子弟，可說是當時楚國政壇上的風雲人物。但屈原堅持理念、毫不妥協的個性，也得罪了不少官員，再加上其聯齊制秦的外交立場，更被秦國視爲眼中釘。於是張儀賄賂上官大夫、靳尙等人，讓這些楚國政要不斷在楚王身邊詆毀屈原，並主張與秦國修好。楚王最終還是不敵耳語，流放屈原；而秦國也持續利用各種花言巧語誘騙懷王，逐步削弱楚國兵力，最後終於攻破楚國。已屆暮年的屈原在悲痛之餘，深感孤臣無力可回天，最後選擇投江結束自己坎坷而無悔的一生。

閱讀指引

歷來學者如明代汪瑗、清代陳本禮等，從〈橘頌〉中「嗟爾幼志」、「年歲雖少」等語，以及並未呈現蒙冤悲憤的情緒，判斷應是屈原早期的作品。可見其早歲立志，終身奉行的可貴情操。

司馬遷在《史記·屈原列傳》評論：「其志絜，故其稱物芳。」指出屈原描寫香草佳果，都是蘊涵內在意志的寄託。本篇以橘爲喻，將橘樹的生長特質、具體形象，賦予人格上的意義。

一、詠橘兼述志，確認自我定位

本篇共三十六句，若以四句爲一節，則可分爲九小節，並可依內容主題的不同概分爲前後兩部分。前半部從「后皇嘉樹」到「姱而不醜兮」，主要是在歌詠橘樹；後半部從「嗟爾幼志」一直到「置以爲像兮」，則轉爲詩人的自我期許。全篇主要採取四言的寫作形式，近於《詩經》體式，而異於屈原其他作品的風格，可以看作是屈原早期之作。

文中首先點出產於南方的橘樹「受命不遷」的特點。《周禮．考工記》謂：「橘逾淮而北為枳。」地氣影響使然，但屈原卻是從精神層面加以演繹，將橘樹擬人化，「深固難徙，更壹志兮」堅定的意志不容動搖。

由此顯見屈原詠橘是從物質形象的展現，導向精神意義的詮釋，從而展現個人的意志，託物言志，將橘樹的綠葉、枝幹、圓果，導向「任道」的精神價值。因此「青黃雜糅，文章爛兮」、「精色內白」，橘子的皮、果、內瓤，都有超越層面的意義。

從「嗟爾幼志，有以異兮」開始可視為後半部，正如宋代洪興祖《楚辭補註》所言：「自此以下，申前義以明己志。」先以自幼「獨立不遷」的個性來呼應橘樹「受命不遷」，接著更以「秉德無私，參天地兮」期許自己能以公正不阿的操守與天地同流。「願歲并謝，與長友兮」則回扣全文主旨，詠物兼詠人，希望能與橘樹成為永久的朋友，最後再標舉義不食周粟的伯夷，作為自己學習的典範。

二、師法善友，追求美好德行

本篇雖為屈原少作，但表達出來的自我認知與價值觀，卻貫串屈原大多數作品，而成為鮮明的印記。

例如堅決抵抗流俗的精神，在〈離騷〉中表現為「鷙鳥之不羣兮」與「余獨好脩以為常」，正是延續了〈橘頌〉中「蘇世獨立」與「紛緼宜脩」的自我定位。此外也展現對伯夷叔齊一貫的景仰，〈橘頌〉「行比伯夷」的追慕，同樣出現在〈悲回風〉「求介子之所存兮，見伯夷之放跡」。此間正好體現抵抗流俗／師法善友的對比。

所謂「蘇世獨立」，乃是因為堅守價值，所以任道前行，並非是性格上的乖僻。所謂道不同不相為謀，即便舉世混濁，也不該為了迎合世俗，將自身皓皓之白，蒙世俗之塵埃。然而真的舉世皆濁嗎？屈原指出，一定會有知音，即便當世闕如，歷史上必然在，因此從詠橘述志，導向效法伯夷叔齊的高潔，師法善友。

屈原〈橘頌〉所開創的託物詠志手法，成爲後代詠物賦的先驅，後世詩人如三國時期的曹植、宋代謝惠連都寫過〈橘賦〉，另如隋朝李孝貞的〈園中雜詠橘樹〉、唐代柳宗元的〈南中榮橘柚〉等，也都是透過詠橘來抒懷喻志，可見〈橘頌〉影響之大。

（撰稿教師：陳逸根）

經典閱讀二

潘渡娜（節選）

張曉風

潘渡娜眞的來了，跟在劉克用的背後。

有些女人的美需要長期相處以後才能發現，但潘渡娜不是，你一眼就看得出她的美。

她顯然受過很好的教養，她端茶的樣子，她聽別人說話時溫和的笑容，她臨時表演的調雞尾酒，處處顯得她能幹又可親。

什麼都好，讓人想起那篇形容古美人的賦，眞是所謂「增之一分則太長，減之一分則太短，著粉則太白，施朱則太赤」。

但是，我一想起她來，就覺得模糊，她簡直沒有特徵，沒有屬於自己的什麼，我對她既不討厭也不喜歡。

她像我櫃子裡的那些罐頭食物，說不上是美味，但也挑不出什麼眼兒。

＊　＊　＊

婚期訂在十二月三十一日的晚上，二〇〇〇年的最後一天。

教堂就在很近的地方，劉把我們載了去，有一個又瘦又高的牧師已經在那裡等著我們了。

牧師的白領已經很黃很舊了，頭髮也花斑斑的不很乾淨，他的北歐腔的英語聽來叫人難受。

「劉，你是帶她來赴婚禮的嗎？」他照例問了監護人。

他叫「劉」的時候，像是在叫「李奧」（Leo），劉跟那個五世紀的大主教有什麼關係？

劉忙不迭地點了頭，好像默認他就是李奧了。

牧師大聲地問了我和潘渡娜一些話，我聽不清楚，不過也點了頭。

於是他又祈禱，祈禱完，他就按了一下講臺旁邊的暗鈕，立時音樂就響起來了。我和潘渡娜就踏著音樂走了出來，瘦牧師依然站在教堂中，等我們上了車，他就伸手去按另一個鈕，音樂便停止了。

* * *

回到家，洗了澡，已經十一點了。

「我能在起坐間打個盹嗎？新郎官。我今天太興奮，喝了太多的酒，又開了太多的車，現在天已晚，路又滑，我怕我是很難趕回去了。」

我愣了一下，但我想到這些日子來他的友誼便盡快地點了頭。

「不要討厭我，」他說，他的語調在剎那間老了十年，在寒夜裡顯得疲乏而蒼涼，「天一亮我就走。」

然後他叫過潘渡娜，吻了她。

「也許我再不會看見你了，潘渡娜。從今天起做大仁的妻子，你要克盡婦職。」

然後他又叫我過去，把潘渡娜的手交給我。

「潘渡娜的英文名字是Pandora，你知道嗎？在古希臘的年代，眾天神曾經選過一個極完美的女人，作為禮物，送給一個男人。而潘渡娜是我送給你的，她是一個禮物，珍惜她吧！」

那一剎間，我深深地感動了，劉哭了，他看來好像眞正的牧師，給了我們眞正的祝福。

不過，那只是一剎間。很快地，他的深深的眼睛中流過一種陰陰冷冷的冰流，他的近於歹毒的目光使我又迷惑又悚然。

＊　＊　＊

我的生活還是老樣子，只是我很久不曾看見劉了。

我打電話給他，他們說他已經辭職了，新的住址不詳，我只好留下電話號碼。

潘渡娜是一個很能幹的主婦，只是有些時候她著實有點太特別。

「他們教我好多東西，」她說，「他們天天告訴我一百遍從起床到睡覺的侍候丈夫的要訣。」

「他們有時教我中文，有時教我英文，」她又說，「不過他們還是希望我嫁一個中國人，一個東方的藝術家對我比較合適。」

和大多數的丈夫一樣，起先我沒有注意她說些什麼，時間久了，我不免有些懷疑起來。

「他們是誰？你從前沒有提起過。」

「他們從前不准我說，所以我沒說。」

「他們是些什麼人？」

「他們就是一些人，他們教我很多東西，他們教我吃飯，教我走路，教我說話，教我各種學問。」

「你的意思是指你的父母嗎？」

「不是，我沒有父母。」

「胡說，你只是不曉得你的父母在哪裡，人人都有父母的。」

「沒有，眞的沒有，」她忽然得意地笑了，「劉克用說，雖然世界人口有六十億，不過只有我一個人是沒有父母的。」

「潘渡娜，你不能想想嗎？你小時候的事你一樣都想不起來了嗎？」

「我沒有小時候，我記得我本來就有這麼大。」

「潘渡娜，你眞荒謬，你不要這樣，你再這樣，我就要帶你去看心理醫師了。」

「我很正常。」她很不高興地走開了。

這也許就是劉急於把潘渡娜弄出手的原因，她或許有輕微的幻想狂，其實，這也沒有什麼。我想，也許她是一個棄嬰，曾經有一段時間失去過記憶。

我沒有想到我完全錯了。

* * *

有一天，那是二月初的一個下午，早春的消息在沒有花沒有樹的地方還是被嗅出來了。

那天工作很閒，我提早回家，準備到郊外去畫一幅寫生，好幾天前我就把我的顏料瓶都洗乾淨了，許多年沒有畫，所有的瓶瓶罐罐都髒成一團。

但一進門，我就愣住了，我的瓶罐都堆在地板上，潘渡娜伏在那些東西上面，用一種感人的手勢擁抱著它們，她的長髮披下來，她的臉側向一邊，眼淚沿腮而下。

看見我進來，她抬了一下頭，隨即又伏下去。

「你這是幹什麼，潘渡娜？」

她幽幽地哭了，讓人心酸的哭。

「不要，潘渡娜，這些瓶子很容易破，它會扎著你的。」

「我想起來了，」她說，「我的生命便是這樣來的，那裡有很多很多玻璃管子，我被倒來倒去，我被加熱，被合成，我被分解。大仁，我就是這樣來的。」

她抬頭望我，一句話也不說，豆大的眼淚撲簌簌地滴著。我忍不住拿起我的帽子，走出小屋，她使我吃驚了，這個女人。但我得承認，共同生活了兩個月，我第一次發現她用這種神聖莊嚴的態度去愛一樣東西，那絕不是一種小女孩對玩物的情感，那是一種動人的親情。平常她做每一件事都規矩而不苟，她做每一件該做的事，像一隻上足了發條而又走得很準的鐘，很索然乏味，可是無懈可擊。但今天，她的悲哀使她看來跟平常不同了。

胡亂地走著，我的心情意外地亂。

我還能說她什麼，潘渡娜，她不曾使我吃一點苦，不曾花我一分錢，她漂亮而貞節，她不懂得發脾氣，她只知道工作。所有好妻子的條件她都具備，所有屬於人性的弱點她都沒有。

但為什麼我總是不能愛她，我們相敬如賓，但我們似乎永遠不會相愛。

* * *

按著電話簿打了十幾個電話，終於有一個醫院承認有劉克用這個病人。

「李奧並不嚴重，」他們也唸不準那個字，「他只是有些幻想狂，他老是說他是上帝。」

那天下午我便開車去找他，我終於找到一棟年代頗久的紅磚房，房前的草地上開遍了燦黃的水仙。

特別護士告訴我他這兩天非常安靜，此刻正在後園裡。

我走近他的時候，他正背對著我，面向一片牆角的酢漿草而出神。他穿著一件寬袍，袖口上繡滿了金線。

「我命令你們要生長，」他大聲地說，用英文，「我是上帝，我是生命的掌握者。」

「這裡有一位客人要見你。」

「帶他過來。」他很莊嚴地說。

我走近他，面對面地注視著他的臉。

「你是張大仁。」他用中文說。

「你是劉克用。」

「你錯了，我是上帝。」

「你做上帝和我有關嗎？」

「和你並沒有太大的關係，和潘渡娜有關。潘渡娜很好嗎？」

「很好，只是昨天還抱著一大堆玻璃罐哭，她說，那是她生命中早期的居處。」

「她這樣說嗎？」他霍地站起身來，「她竟記得那麼清楚嗎？」

「記得什麼？」

「好，我先問你，你可曾覺得潘渡娜跟眞的女人有什麼不同嗎？」

「和眞的女人不同？她有很多說不上來的與常人不同的地方，但她並不是假女人。爲什麼要談她和眞女人同或不同？」

「好吧，大仁，讓我告訴你吧，潘渡娜並不是普通女人，她是我造的。聽著，她無父無母，她是我造的，她是從試管裡合成的生命，那些試管就是懷孕她的子宮。我是造她的，你是用她的，好了，我說得夠清楚了吧？」

我駭然地站起來。

「劉，你爲什麼要這樣想呢？創造生命明明是不可能的。」

「不可能？誰告訴你的，半個世紀以前，人們就已經掌握DNA和RNA的祕密了，生命並不像你想像的那麼神祕，生命只是受精卵分裂後的形成物，我們只要造出一個精蟲、一個卵子，我們只要掌握那些染色體、那些蛋白質和那些酸和鹼，生命是很容易的。」

我啞然地望著他。

「潘渡娜是我們第一次的成功，我們不眠不休地弄了十五年，做了上兆次的實驗，僅僅合成兩個受精卵，不過已經夠順利了，那時候我把她交給另外一個小組，用試管代替子宮來撫育，但只有潘渡娜順利發展成爲胎兒。我們用一種激素促進細胞的分裂，在很短的時間內，她便成了一個女嬰，我們來不及等她再過二三十年了，我們需要盡快觀察她，我們讓她在藥物的幫助下盡快生長，事實上，她和你結婚的時候，她還不到三歲。」

「這是卑鄙的，劉，」我跳上去掐住他，「你這假冒爲善的，你這豬。」

沒有字眼可以形容我當時的悲憤，我發現我成爲一種淫穢的工具，我是表演者，供他們觀察，使他們能寫長篇的報告。

「我們的步驟是合成小組、受精小組、培育小組、刺激生長小組和教導小組，我們花在她身上的金錢比太空發展多得多，至於人力，差不多是九千個科學家的畢生精力，大仁，你想想，九千個人的一生唯一的事業便是要看她長大——大仁，相信我，人類最偉大的成功就是這一樁，而我是這個計畫的執行人，大仁，我難道不是上帝嗎？他們居然還說不是。

「大仁，老實說吧，耶和華算什麼，祂的方法太古舊了，必須一個男人和一個女人，然後十月懷胎，讓做母親的痛得肝摧腸斷，然後栽培撫養，然後長大，然後死亡。

「大仁，這一切太落伍了，而且產品也不夠水準，大多數的人性都是軟弱的，在身體方面他們容易生病，在心靈方面他們容易受傷，而潘渡娜不是的，她不生病，她不犯罪，她不受傷。」

* * *

潘渡娜躺在床上，我走進去的時候，她正開心地吃著桃子餅。

「發生了一點意外，」醫生向我一攤手，「不知爲什麼，我們大家都錯了。」

我默默地垂手。

「每一種跡象、每一種檢驗都證實她懷孕了，」醫生說，「但從早晨起，她的肚子逐漸消扁，並且每一項檢驗又都證實她肚子裡並沒有孩子。」

「這不是很好嗎？」我說，「我並不想要這個孩子，不過我抱歉讓你們失望了。」

他們把我和潘渡娜放在一個車子裡，打算把我們送回去。

「可不可以讓我下來，」車子經過公園的時候，潘渡娜說，「我需要走一走。」

潘渡娜跳躍著奔向草坪，我這才發現她跑步的動作多麼像一個小女孩。她一面跑，一面回頭看我，臉上帶著怯怯的笑。

忽然，她躺了下來，她穿的是一件鑲了許多花邊的粉紅色孕婦衣，當她躺在綠茵茵的草地上，遠看過去便恍然如一朵極大的印度水蓮花。

「我疲倦了，」她說，「我覺得我做了一個夢，很長很可怕的夢。」

「給我那個東西，」她指著垃圾箱裡一個發亮的玻璃瓶，「我喜歡那個東西。」

我取過來，遞在她的手裡，她把它貼在頰邊磨擦著，她的眼睛裡流出可憐的依戀之情。

「我厭倦了。」她又說了一次，聲音細小而遙遠。

「我覺得我的存在是不眞實的，」她嘆了一口氣，「大仁，我究竟少了些什麼東西？」

我俯下身去，她已閉上雙目，我拉過她的手，那裡已沒有脈動。她的眉際仍停留著那個問號：「大仁，我究竟少了些什麼東西？」

六月的熱風吹著，吹她一身細緻的白花邊，在我的眼前還幻出漫天紛飛的雪片。

我感到寒冷。

* * *

「潘渡娜死了。」我說。

「我知道。」

「你還當上帝嗎？」

「不當了。」劉克用苦笑了一下。

「是因爲潘渡娜的死嗎？」

「也可以這麼說。大仁，我或許該寫本懺悔錄，不過後來想想也就罷了。大仁，上次你來以後，我的病況就更重了，因爲他們告訴我，潘渡娜懷了孕。大仁，他們多麼幼稚，他們竟以爲我聽到那樣的消息便會痊癒。大仁，那一剎間多麼可怕，我竟完全崩潰。大仁，當你發現你掌握生命的主權，當你發現在你之上再沒有更高的力量，大仁，那是可怕的。生命是什麼？大仁，生命不是有點像阿波羅神的日車嗎？輝煌而偉大，但沒有人可以代爲執韁。大仁，沒有人，就連阿波羅的兒子也不行。

「我一生的成果在此，她，潘渡娜，我曾希望她是一宗禮物，我曾希望她是一個渡者，但她此刻什麼都不是，隔著玻璃，隔著藥水，我們彼此相視，她已經不復昔日的容顏了，她的身體被藥水的折光律弄得變了形——但不知她是否也在看我，她有沒有發現我也在變形。

「大仁，我不明白她爲什麼會死，他們說她沒有死因。他們說她忽然之間一切都停止了，停止思想、停止循環、停止呼吸……。他們又說她臨死時講過一句話，她說：『我究竟少了些什麼東西？』

「大仁，你這和她生活過的，她究竟少了什麼，比之你我，她少了什麼？

「我一清醒便立刻召集了一個全體高級主管的檢討會，所有的部門都沒有錯誤，九千多位科學家中的科學家共同密切地合作，造出了分量上那麼正確的潘渡娜。但，潘渡娜死了——這個使我們奉上我們一生心血時間的女人。大仁，她死了，我們好像一群辦家家酒的小孩子，在我們自己的遊戲裡拜堂、煮飯、請客、哄娃娃睡覺，儼然是一群大人，但母親一喊，我們便清醒過來，回家洗手、吃飯，又恢復爲一個小孩子。

「那天，我們面面相覷，不知我們失敗在何處。最後我們承認，也許她自己說得很對——她厭倦了，其實我們也厭倦，但我們的擔子很神聖，我是說，在冥冥之中，我們對生命、對神奇之物的敬畏，使我們不敢斷然拒絕活下去的義務。

「潘渡娜屬於她自己，她有權利遺棄自己。而我們，我們似乎屬於一種更高的轄制，我們被雨水和陽光呵護，我們被青山和綠水怡悅，我們無權遺棄自己。

「大仁，有一天我將死，你們會給我怎樣的墓誌銘呢？其實，墓誌銘都差不多，因爲人的故事都差不多，我只渴望一句話——這裡躺著一個人——我慶幸，我這一生最大的快樂和榮幸就是發現自己只是一個人。」

冬天的爐火把屋子輝耀成溫暖的橘紅色，松脂的香息撲人衣襟。而窗外，雪片落著，那樣輕柔地，像是存心要覆蓋某些傷痛的回憶。

「你們到底有沒有找出來，她所少的東西？」

「沒有，我們只能說沒有。」

「我們可不可以猜測——也許你不承認——那是靈魂。」

「我不知道，我只能說我不知道。」

「慶祝你的失敗。」我站起來拿酒，「也慶祝我的鰥居。」

「眞的，我們好運氣。」

陳年的威士忌，二十世紀的。我們高興地舉杯。

「讓一切照本來的樣子下去，讓男人和女人受苦，讓受精的卵子在子宮裡生長，讓小小的嬰兒把母親的青春吮盡，讓青年人老，讓老年人死。大仁，這一切並不可怕，它們美麗、神聖而莊嚴，大仁，眞的，它們美麗、神聖而又莊嚴。」

他說著便激動地哭了，我也哭了起來。

風從積雪的林間穿過，像一個極巨大的人的極輕柔的低語，火光跳躍，松香不斷，白色的熱氣嫋升自粗陶的茶盅。

——原載於民國五十七年九月十二日至二十一日《中國時報》

（為兩岸第一篇科幻小說）

選文題解

本教材收錄版本，爲何寄澎教授節錄，經作者校閱之版本。〈潘渡娜〉大膽虛構未來世界，描述客居美國的華裔科學家劉克用，以生物科技繁衍出人造人「潘渡娜」，並強力撮合畫家友人張大仁與潘渡娜成爲夫妻，隨著眞相揭露，三人的複雜情誼也走向難以預測的結局。

本篇從「人造人」題材下筆，拋擲出「我是誰」、「我從哪裡來」的生命探問，觸發科學與倫理、科技與自然的深刻反思；從科技面反思人的存在，逼問人的本質爲何。

作者簡介

張曉風（A.D.1941～），筆名曉風、桑科、可叵。生於浙江，1949年來臺，東吳大學中國文學系畢業，曾任教於東吳大學、陽明醫學大學等校，並曾短暫參與政治，擔任親民黨籍不分區立法委員，後主動請辭。著有《地毯的那一端》、《星星都已經到齊了》、《曉風戲劇集》等。

張曉風創作面向廣闊，風格多變，以散文爲主，兼及小說、劇本、評論。張曉風創作不輟，獲獎無數。既有柔美秀雅、溫婉洗鍊的抒情小品，也不乏豪氣通達、深刻精博的大塊文章，余光中將其譽爲「亦秀亦豪的健筆」。因其文字靈活精確，善掌握獨特意象，瘂弦稱之爲「散文的詩人」。除文學外，長期關注宗教、政治、時事、環保、國文教育等議題，並勇於發聲，以筆爲劍，積極參與社會。

閱讀指引

〈潘渡娜〉寫於1968年，大膽、勇敢地提出了「人造人」，比科學家成功複製出桃莉羊還早了將近三十年——文學有時走得比科學還先進！

作者從科技面反思生命的本質，這篇極具開創性的小說，於五十餘年後的今日讀來，對科技倫理的探討、對「我是誰」的提問依然尖銳——什麼是人？

一、大膽的時空設定，真實的人物細節

〈潘渡娜〉的時空設定爲三、四十年後科學高度發展的未來西方世界。原版小說一開始描述兩位男主角的相遇，「我」——張大仁以廣告畫維生，自嘲只是一名「將一罐罐顏料放到畫布上」的油漆匠，而劉克用是一位生化學家，卻認爲自己的工作「只需要把一個試管倒到另一個

試管，再倒到另一個試管裡去就行了」。

但劇情急轉直下，時間來到兩年後，亦即本教材收錄版本的開頭。劉克用介紹一位名叫「潘渡娜」的女子給張大仁。潘渡娜外表美麗勻稱、個性能幹可親、恰到好處，但對張大仁來說，「像我櫃子裡的那些罐頭食物，說不上是美味，但也挑不出什麼眼兒。」在劉的極力安排下，張大仁與潘渡娜結婚了。

婚後數個月後，張大仁開始發覺潘渡娜的不對勁，她沒有「過去」，甚至怪異地迷戀玻璃瓶罐，哭著說：「我的生命便是這樣來的……我被倒來倒去，我被加熱，被合成，我被分解……」。

科幻小說雖然描寫虛構的世界，但爲了讓讀者覺得合情合理，必須重視細節的眞實感。本篇以具體的形象、精準的譬喻以及生動的對話，建構起小說裡的三位主要人物，除了勾勒空間場景，尤其重視腳色間的對話，運用對話的長短、張弛、韻律，讓三人的聲音彷彿立體環繞於整篇小說。

潘渡娜這位人造人應該如何說話？我們看到了如童言童語的短句：「他們教我好多東西」、「他們有時教我中文，有時教我英文」；狂妄自信的科學家劉克用則常有長篇大論；而主述者「我」張大仁，則是從一頭霧水到漸漸明白眞相，透過「我」張大仁的疑問與反思，帶領著讀者走入故事。

二、猶如電影運鏡的全景與特寫

潘渡娜的英文名字是Pandora，來自希臘神話的「潘朵拉」，意指眾神製造出來的完美女神。由此命名可看出作者與神話、信仰對話的企圖。科幻小說融合了科學的知識原理與小說的敘事手法，而在〈潘渡娜〉裡，我們更能看到作者運用了猶如電影運鏡的書寫方式。當描寫細膩尖銳的情感，彷彿電影的特寫，例如「他的深深的眼睛中流過一種陰陰冷冷的冰流，他的近於歹毒的目光使我又迷惑又悚然。」

場景由封閉的房間、詭譎的精神病房，一直到開闊的公園——也是潘渡娜失去生命脈動的地方。此處則以全景呈現：「忽然，她躺了下來，她穿的是一件鑲了許多花邊的粉紅色孕婦衣，當她躺在綠茵茵的草地上，遠看過去便恍然如一朵極大的印度水蓮花。」

小說雖以張大仁的第一人稱作爲敘事觀點，但以全景、特寫等鏡頭切換，時而全面觀照、時而強化細節，有時由外而內，進入主角的內心與大腦。在引人入勝的主題與情節之外，形式與技巧亦飽滿完整，值得細細玩味賞析。

三、科技文明與傳統人倫的思索

當張大仁在精神病院找到劉克用，追問核心的疑惑：「科學理性與人類倫理究竟何者重要？」也就切入了「何以爲人」的深邃命題。

科學家劉克用成了自稱「上帝」的瘋子，他向張大仁坦承了眞相：潘渡娜是他與九千位科學家一同製造的人造人，「生命只是受精卵分裂後的形成物，我們只要造出一個精蟲、一個卵子，我們只要掌握那些染色體、那些蛋白質和那些酸和鹼，生命是很容易的。」

而潘渡娜實際年齡只有三歲！科學團隊分爲合成小組、受精小組、培育小組、刺激生長小組和教導小組，讓潘渡娜快速生長。張大仁無法接受，感覺自己「成爲一種淫穢的工具，我是表演者，供他們觀察，使他們能寫長篇的報告。」他悲憤離去。乍看之下，似乎科學占了上風。

我們也意識到，原來這對朋友各自代表的，不僅是藝術家與科學家，更是傳統人倫與科技文明的對立、矛盾與掙扎——潘渡娜懷孕了，科學就要主宰這個世界了嗎？人類自然的結合將被取代了嗎？一男一女相識相戀結合、母親懷胎十月的自然定律就要崩解了嗎？

作者給予我們的結尾，是否定的。潘渡娜肚子逐漸消扁，醫師證實肚子裡並沒有孩子，而潘渡娜也對「自己」產生了困惑：「我究竟少了些什麼東西？」

小說尾聲又回到劉克用與張大仁的詰問與對話，張大仁提出：潘渡娜缺少的東西，其實是「靈魂」。而劉亦承認「實驗失敗」，最後同意生命應該照本來的樣子下去，「大仁，這一切並不可怕，它們美麗、神聖而莊嚴，大仁，眞的，它們美麗、神聖而又莊嚴。」

一篇精彩的小說，不僅說出了好故事，也問出了好問題。主題鮮明又細緻轉折的〈潘渡娜〉，既能滿足對科幻世界的想像，又能對生命帶來深刻反思：生命是什麼？生命很容易嗎？生命在母親子宮中被孕育，與在試管中孕育有什麼不同？

作者於五十多年前，便提出了人倫與科技的反思。今日的我們更加仰賴科技，看似過著更便捷、暢通無阻的生活，但對於君臣、父子、夫婦、兄弟、朋友的倫常，在強調因時制宜之際，也該細思其超越時空的普世價值。

此時，距離小說設定的時空環境（2000年）又前進了二十餘年，科技日新月異，各種可以取代「人」的人工智慧急速發展。「人」是否已運用科技，讓生活更幸福？作爲有血肉、有靈魂的「人」，究竟有什麼是不可被取代？

無論科技如何改變我們的生活，「我是誰？」、「我來自哪裡？」既是文學的恆久命題、也是科學的大哉問。閱讀完〈潘渡娜〉，不妨試想，三、四十年後的我們會在哪裡？科學將極端發展到什麼階段？我們將依靠科技過著什麼樣的生活？這世界會變成什麼樣子呢？

（撰稿教師：劉梓潔）

多元思考

1. 〈潘渡娜〉描寫一接近完美的人造人，並形容潘渡娜「我一想起她來，就覺得模糊，她簡直沒有特徵，沒有屬於自己的什麼」最終推測可能因爲缺少了靈魂而亡故。請問，你如何詮釋文中所謂的「靈魂」？並提出你認爲潘渡娜缺少了什麼？
2. 我們必須先認識自己，才能夠做出清楚的自我定位，進而追求理想，逐步完成自我實現的目標。

請同學們運用任何一種可以幫助了解自我的工具（例如血型、星座、九型人格、或人格測驗等皆可），分析自己的人格特質。

⑴ 請問你的自我認知，與上述檢測結果相符嗎？請問如何認知自我？

⑵ 相對於檢測，請問你在朋友、師長眼中是什麼形象？這與你的自我認知相符嗎？

3. 在人工智慧的年代，有哪些工作不可被AI取代？為什麼？
你認為要讓自己比人工智慧更具競爭力，必須具備哪些能力？

延伸閱讀

呂正惠：《澤畔的悲歌——楚辭》（臺北：時報出版社，1998）

蘇絢慧：《成為自己的內在英雄：6種人格原型，認識「我是誰」，活出最好版本的自己！》（臺北：三采文化出版社，2020）

（美）海倫・帕瑪著，張佳棻譯：《海倫帕瑪 九型人格聖經：認識自己，理解他人，找到轉化的力量》（臺北：橡實文化出版社，2017）

作業練習

1. 屈原以橘樹的特性來比喻自己的人格特質，其實也含有自我定位的意味，並以此確立終身奉為圭臬的價值觀。請同學們也嘗試以詠贊某種事物（動植物、無生物或自然現象、人為創造物等均可）的方式來分析、認識自己，並說明自我與詠贊事物之間的特性與關聯，呈現你對自己的期許。
2. 運用人工智慧軟體繪圖，必須給予明確、豐富的指令。請細讀〈潘渡娜〉，分組討論張大仁、劉克用、潘渡娜三位主角的外貌、個性、衣著、人物特質分別是什麼？如果將這些條件輸入，請人工智慧軟體繪圖，會得到什麼樣的人像呢？
3. 現今科技高速發展，諸如自動駕駛、人工智慧、太空科技、基因工程等領域的進程一日千里，試想三十年後的世界變成什麼樣子？屆時的你會在哪裡？做著什麼樣的工作？請約以1000字描述。

請沿虛線剪下

上卷　生命的思索

第二單元

人生不只一條路

陳立安、梁雅英

單元理念

人生的路上有坦途也有風雨，有時衝刺，有時受傷了需要歇息——或許會望著別人走的那條路，羨慕彼端的風景，忘了不同的路有不同的艱辛，各自都流著汗，柳暗花明，都在期待轉個彎，是豁然開朗的大景。

或許眞正重要的是：認清自己走在哪條路上？在這條路上學到什麼？

是否能從落拓中振起？公子重耳從優渥的生活中被迫流亡，又一步步崛起，成爲一代霸主。生命的多重轉折，期間也曾耽於逸樂，這條奮起的路，重耳整整走了十九年。

是否能保有對世界的好奇？沈從文以兒童的眼光，讀世界這本大書，有純樸的田園風光、市井生活，也有鬥毆與死亡。光明與陰影都是成長的養分。

經典閱讀一

晉公子重耳出亡　左傳

〔僖公四年〕

初，晉獻公欲以驪姬爲夫人，卜之，不吉；筮之，吉。公曰：「從筮。」卜人曰：「筮短龜長，不如從長。且其繇曰：『專之渝，攘公之羭。一薰一蕕，十年尚猶有臭。』必不可。」弗聽，立之。生奚齊。其娣生卓子。及將立奚齊，既與中大夫成謀，姬謂大子曰：「君夢齊姜，必速祭之。」大子祭于曲沃，歸胙于公。公田。姬寘諸宮六日。公至，毒而獻之。公祭之地，地墳。與犬，犬斃。與小臣，小臣亦斃。姬泣曰：「賊由大子。」大子奔新城。公殺其傅杜原款。或謂大子：「子辭，君必辯焉。」大子曰：「君非姬氏，居不安，食不飽。我辭，姬必有罪，君老矣，吾又不樂。」曰：「子其行乎？」大子曰：「君實不察其罪，被此名也以出，人誰納我？」十二月戊申，縊于新城。姬遂譖二公子曰：「皆知之。」重耳奔蒲，夷吾奔屈。

〔僖公二十三年〕

九月，晉惠公卒。懷公命無從亡人，期。期而不至，無赦。狐突之子毛及偃，從重耳在秦，弗召。冬，懷公執狐突曰：「子來則免。」對曰：「子之能仕，父教之忠，古之制也。策名委贄，貳乃辟也。今臣之子，名在重耳，有年數矣。若又召之，教之貳也。父教子貳，何以事君？刑之不濫，君之明也，臣之願也。淫刑以逞，誰則無罪？臣聞命矣。」乃殺之。卜偃稱疾不出，曰：「《周書》有之：『乃大明，服。』己則不明，而殺人以逞，不亦難乎？民不見德，而唯戮是聞，其何後之有？」

晉公子重耳之及於難也，晉人伐諸蒲城。蒲城人欲戰，重耳不可，曰：「保君父之命，而享其生祿，於是乎得人。有人而校，罪莫大焉。吾其奔也。」遂奔狄。從者狐偃、趙衰、顛頡、魏武子、司空季子。狄人伐廧咎如，獲其二女：叔隗、季隗，納諸公子。公子取季隗，生伯儵、叔劉。以叔隗妻趙衰，生盾。將適齊，謂季隗曰：「待我二十五年，不來而後嫁。」對曰：「我二十五年矣，又如是而嫁，則就木焉。請待子。」處狄十二年而行。

過衛。衛文公不禮焉。出於五鹿，乞食於野人，野人與之塊。公子怒，欲鞭之。子犯曰：「天賜也。」稽首，受而載之。

及齊，齊桓公妻之，有馬二十乘。公子安之，從者以爲不可。將行，謀於桑下。蠶妾在其上，以告姜氏。姜氏殺之，而謂公子曰：「子有四方之志，其聞之者，吾殺之矣。」公子曰：「無之。」姜曰：「行也！懷與安，實敗名。」公子不可。姜與子犯謀，醉而遣之。醒，以戈逐子犯。

及曹，曹共公聞其駢脅，欲觀其裸。浴，薄而觀之。僖負羈之妻曰：「吾觀晉公子之從者，皆足以相國。若以相，夫子必反其國。反其國，必得志於諸侯。得志於諸侯而誅無禮，曹其首也。子盍蚤自貳焉。」乃饋盤飧，寘璧焉。公子受飧，反璧。及宋，宋襄公贈之以馬二十乘。

及鄭，鄭文公亦不禮焉。叔詹諫曰：「臣聞天之所啓，人弗及也。晉公子有三焉，天其或者將建諸，君其禮焉。男女同姓，其生不蕃。晉公子，姬出也，而至于今，一也。離外之患，而天不靖晉國，殆將啓之，二也。有三士足以上人而從之，三也。晉、鄭同儕，其過子弟，固將禮焉，況天之所啓乎？」弗聽。

及楚，楚子饗之，曰：「公子若反晉國，則何以報不穀？」對曰：「子女玉帛，則君有之。羽毛齒革，則君地生焉。

其波及晉國者，君之餘也，其何以報君？」曰：「雖然，何以報我？」對曰：「若以君之靈，得反晉國，晉、楚治兵，遇於中原，其辟君三舍。若不獲命，其左執鞭弭、右屬櫜鞬，以與君周旋。」子玉請殺之。楚子曰：「晉公子廣而儉，文而有禮。其從者肅而寬，忠而能力。晉侯無親，外內惡之。吾聞姬姓，唐叔之後，其後衰者也，其將由晉公子乎？天將興之，誰能廢之？違天必有大咎。」乃送諸秦。

秦伯納女五人，懷嬴與焉。奉匜沃盥，既而揮之。怒曰：「秦、晉匹也，何以卑我？」公子懼。降服而囚。他日，公享之。子犯曰：「吾不如衰之文也，請使衰從。」公子賦《河水》，公賦《六月》。趙衰曰：「重耳拜賜。」公子降，拜，稽首，公降一級而辭焉。衰曰：「君稱所以佐天子者命重耳，重耳敢不拜？」

〔僖公二十四年〕

及河，子犯以璧授公子，曰：「臣負羈絏，從君巡於天下，臣之罪甚多矣！臣猶知之，而況君乎？請由此亡。」公子曰：「所不與舅氏同心者，有如白水。」投其璧于河。濟河，圍令狐，入桑泉，取臼衰。二月甲午，晉師軍于廬柳。秦伯使公子縶如晉師。師退，軍于郇。辛丑，狐偃及秦、晉之大夫盟于郇。壬寅，公子入于晉師。丙午，入于曲沃。丁未，朝于武宮。戊申，使殺懷公于高梁。不書，亦不告也。

呂、郤畏偪，將焚公宮而弒晉侯。寺人披請見。公使讓之，且辭焉，曰：「蒲城之役，君命一宿，女即至。其後，余從狄君以田渭濱，女爲惠公來求殺余，命女三宿，女中宿至。雖有君命，何其速也？夫袪猶在，女其行乎！」對曰：「臣謂君之入也，其知之矣。若猶未也，又將及難。君命無二，古之制也。

除君之惡，惟力是視。蒲人、狄人，余何有焉？今君即位，其無蒲、狄乎！齊桓公置射鉤而使管仲相，君若易之，何辱命焉？行者甚眾，豈唯刑臣。」公見之，以難告。三月，晉侯潛會秦伯于王城。己丑晦，公宮火，瑕甥、郤芮不獲公，乃如河上。秦伯誘而殺之。晉侯逆夫人嬴氏以歸。秦伯送衛於晉三千人，實紀綱之僕。

初，晉侯之豎頭須，守藏者也。其出也，竊藏以逃，盡用以求納之。及入，求見。公辭焉以沐。謂僕人曰：「沐則心覆，心覆則圖反，宜吾不得見也。居者爲社稷之守，行者爲羈紲之僕，其亦可也，何必罪居者？國君而讎匹夫，懼者甚眾矣。」僕人以告，公遽見之。

晉侯賞從亡者，介之推不言祿，祿亦弗及。推曰：「獻公之子九人，唯君在矣。惠、懷無親，外內棄之。天未絕晉，必將有主。主晉祀者，非君而誰？天實置之，而二三子以爲己力，不亦誣乎？竊人之財，猶謂之盜，況貪天之功以爲己力乎？下義其罪，上賞其姦，上下相蒙，難與處矣！」其母曰：「盍亦求之，以死，誰懟？」對曰：「尤而效之，罪又甚焉，且出怨言，不食其食。」其母曰：「亦使知之，若何？」對曰：「言，身之文也。身將隱，焉用文之？是求顯也。」其母曰：「能如是乎？與女偕隱。」遂隱而死。晉侯求之不獲，以緜上爲之田，曰：「以志吾過，且旌善人。」

〔僖公二十六年〕

宋以其善於晉侯也，叛楚即晉。冬，楚令尹子玉、司馬子西帥師伐宋，圍緡。

〔僖公二十七年〕

晉侯始入而教其民，二年，欲用之。子犯曰：「民未知義，未安其居。」於是乎出定襄王，入務利民，民懷生矣。將用之。子犯曰：「民未知信，未宣其用。」於是乎伐原以示之信。民易資者，不求豐焉，明徵其辭。公曰：「可矣乎？」子犯曰：「民未知禮，未生其共。」於是乎大蒐以示之禮，作執秩以正其官。民聽不惑，而後用之。出穀戍，釋宋圍，一戰而霸，文之教也。

選文題解

本篇選自《左傳》魯僖公四年、魯僖公二十三年至二十七年，晉國重耳從流亡公子，經歷十九年考驗，將生命的困境轉化為成長的能量，最終成為霸主的歷程。

晉獻公時期，其妾驪姬為了扶持自己的孩子，篡奪夫人與太子之位，引發了一系列亂事，造成晉太子申生自縊、群公子逃亡。亂事中，公子重耳帶領手下出逃晉國避難。

重耳流亡在外十九年，從不經世事、安於逸樂的貴公子，歷經屈辱、鄙視，逐漸蛻變成為一位察納建言，並教民知義、知信、知禮的國君，一戰成霸，從困頓中成長。

作者簡介

《左傳》，全書共三十卷，記春秋時期魯隱公元年至魯哀公二十七年之間，共兩百五十五年間事蹟。

司馬遷《史記．十二諸侯年表》言，孔子修訂整理《春秋》，文辭用意幽深，「有所刺譏褒諱挹損之文辭不可以書見也」，因此弟子傳其微言大義，左丘明「懼弟子人人異端，各安其意、失其真」，而作《左氏春秋》加以詮解，在經學、史學、文學等領域皆有重大影響。

閱讀指引

重耳，諡文，世稱晉文公，於魯僖公二十四年即位，在位九年間，糾合諸侯、朝覲天子、對抗楚國，爲一代霸主。

然而重耳的稱霸之路，歷經了許多考驗。其父晉獻公寵愛驪姬，造成晉國的動亂，太子申生自縊於曲沃、公子重耳與夷吾兩兄弟皆逃離晉國。《史記‧晉世家》記載：獻公死後，奚齊將繼位，權臣里克殺了奚齊、卓子，里克屬意重耳回國繼任卻遭謝絕，重耳說：「負父之命出奔，父死不得修人子之禮侍喪，重耳何敢入！大夫更立他子。」因此，里克改迎夷吾回晉國接掌君位，是爲惠公，後由其子懷公繼任。

重耳在外流亡十九年，嚐盡顛沛流離之苦，這樣的經歷讓重耳從一位盛氣凌人的逃亡貴公子，逐漸轉變成內斂、沉穩的領袖。而惠、懷兩君不守信用、心胸狹隘，以致眾叛親離。最終秦國願意資助重耳回歸晉國，重耳接掌政權後，勵精圖治，使民眾知義、知信、知禮，並使民便利、減輕稅賦、制定官員的職掌與秩序，待一切就緒後，領軍解除宋圍、一戰成霸。

一、在流亡中養成格局

驪姬之亂，晉太子申生被陷害後自縊於曲沃，重耳被驪姬誣陷爲共謀，逃到封地蒲城。重耳認爲，身爲人臣、人子，不願與父親的軍隊對抗，被迫逃亡至狄國，開啓了在外十九年的流亡生涯。

重耳在狄十二年，原以爲可以過著安逸的生活，卻遭遇晉惠公派人刺殺，於是逃往齊國尋求庇護。沿途經過衛國，衛文公招待失禮，到衛國邊陲之地，淪落到向當地人乞食，對方以土塊回應。曾貴爲一國貴族的重耳，歷經了四處流亡的挫折，生死交關的危難——父親（獻公）派軍隊攻打、弟弟（惠公）派人刺殺、尋求衛國的協助未果、乞食於野人等各種困境。

雖然後來得以在齊國暫時安身，但齊桓公死後，齊國陷入公子內鬥，重耳一行人再次回到顛沛流離的逃亡生活。期間除了宋襄公給予高規格的款待，鄭國失禮以待、楚國令尹子玉甚至想置他於死地，而曹共公「薄而觀之」更是令人難堪。

經過這些羞辱、挫敗與迫害，重耳克服了公子習氣並養成了能屈能伸的個性，養成霸主格局，也因此在掌權之後，晉國才得以在局勢動盪的春秋時期稱雄。

二、改正缺失，察納建言得以成長

重耳成爲霸主前，也同常人一樣好逸惡勞。流亡時，曾經在狄過著舒適的生活，離開前甚至要求季隗等他二十五年後再改嫁。在旅居齊國期間，受到齊桓公善待，優渥的生活讓重耳耽溺其中，之後隨臣與齊姜用計，才得以離開齊國，重耳清醒後，竟然「以戈逐子犯」。從這些例子可知，重耳也曾經耽溺於生活享樂，心中毫無接掌晉國君位的打算。

重耳經過流亡的顛沛流離，看盡各國的勢利作爲，嚐盡無禮的對待，種種人、事的體驗，都轉化爲成長的養分，逐漸堅定志向。

重耳另一個可貴之處，是能接受建言，改正自己的缺失。

回國後，重耳懷恨寺人披當年的追殺，拒絕接見。但寺人披以齊桓公的故事爲例，說明管仲曾射殺齊桓公，桓公不念舊惡，甚至重用，方能成其霸業。重耳於是回心轉意，以大局爲重。

重耳也疑心當年留守在晉國的豎頭須，便以洗頭爲理由拒見。但豎頭須說明，隨同出亡者固然可貴，「居者爲社稷之守」同樣也勞心勞力，「何必罪居者？」進而再表示，身爲國君如果仇視臣僚，只怕「懼者甚眾矣」。重耳聽罷，隨即改正態度。

流亡的經歷，既突顯出重耳的缺失，也彰顯重耳一次一次改正，將困阨轉化爲自我成長的機會。楚子評價重耳「晉公子廣而儉，文而有禮」，繼而審視隨從的能力，再評估晉國的現況，從個人、團隊、局勢三方面觀察，最後直言「天將興之」，重耳必能返國接掌大位。重耳從流亡公子崛起爲一代霸主，關鍵在於他能隨時改正自己的缺失，察納建言，讓自己成長。

三、志向堅定，目標明確

重耳在流亡期間，雖曾耽於安逸，但在確認回國繼位的志向後，便堅定目標，並以國君的格局對應時勢。

楚子提問，公子若反晉國，將如何報答？重耳將視野拉抬到國君的高度，先是指出子女玉帛、羽毛齒革皆不足爲報，在楚子的追問下，以「退避三舍」爲應，並且強調，如果兩國的戰爭仍無法避免，將親自「與君周旋」。

正因重耳目標明確，所以能以相應的高度與楚子應對，堅守底線，在流亡中仍能維護國家利益。

在秦國時候，把握機會強調：「君稱所以佐天子者命重耳」，再度顯現重耳及其團隊，因目標明確，所以能在應對之間，舉措有節。

同樣可貴的是，重耳回國接掌後，並未迷失在權力的漩渦中，在施政理念上，依序讓百姓知義、知信、知禮，一步步落實，訓練軍隊、整頓吏治，讓原先搖搖欲墜的晉國終於改頭換面，奠定稱霸的基礎。

四、霸主氣度的養成

能容能忍，是重耳在流亡時養成的霸主氣度。因此即位後，在盛怒之時，重耳能聽從建言，收斂脾氣。

流亡之初，當野人送上土塊，意味吃土之時，暴怒的重耳「欲鞭之」，子犯說「天賜也」，重耳便收斂脾氣。重耳到了曹國，面對曹共公的失禮、僖負羈的饋禮之時，仍能展現開闊的器量。《左傳》透過僖負羈妻子的觀察與口吻，說明重耳的隨從，皆足以爲一國之相，然而他們卻願意跟隨重耳流亡多年，可見重耳必然有常人所不及的生命特質與格局。文中緊接著描述，重耳在困頓中，眼見厚禮卻「受飧，反璧」，在受與反之間取捨有度、格局雅深。

五、倫常價值的展現

《左傳》擅長將人物的各種抉擇並列，讓讀者自行比對，體會言行所呈現的意義與價值。

重耳在外流亡十九年，從安逸過日的貴公子，到應對得宜的一國之君，在他的觀念中，倫常觀念是首要的核心價值，而群臣願意跟隨重耳流亡，付出時間與家族產業，超越眼下的利益考量，其中必然包含價值觀的契合。

對此，《左傳》留下了許多線索，例如《左傳・僖公二十三年》，獻公命令晉軍攻打重耳的封邑蒲城，蒲城人想要與之對抗，重耳云：「保君父之命，而享其生祿，於是乎得人。有人而校，罪莫大焉。吾其奔也。」不願意蒲城人與父親的軍隊對抗，於是逃奔至狄。反觀其弟夷吾，《左傳》云：「晉侯使賈華伐屈。夷吾不能守，盟而行。」夷吾無力防守，跟屈地的人立下盟約才逃奔。由此觀察，重耳著重的是父子之情與君臣之義，重視倫常的價值；相較之下，夷吾考慮的是如何守護自己的既得利益。而懷公（惠公之子），要求狐突召回跟隨重耳流亡的兩個兒子，狐突認為「父教子貳，何以事君」，因為不願教子不忠而被懷公處死。

《左傳》透過這三件事，比較重耳（文公）、夷吾（惠公）、圉（懷公）的人格特質，並透過重耳彰顯倫常的價值。也正因重耳重視父子之情與君臣之義，因此在施政上，教民知義、知信、知禮，奠定強國的內在基礎。

（撰稿教師：陳立安）

經典閱讀二

我讀一本小書同時又讀一本大書

沈從文

我能正確記憶到我小時的一切，大約在兩歲左右。我從小到四歲左右，始終健全肥壯如一隻小豚。四歲時母親一面告給我認方字，外祖母一面便給我糖喫，到認完六百生字時，腹中生了蛔蟲，弄得黃瘦異常，只得每天用草藥蒸雞肝當飯。那時節我即已跟隨了兩個姊姊，到一個女先生處上學。那人既是我的親戚，我年齡又那麼小，過那邊去念書，坐在書桌邊讀書的時節較少，在她膝上玩的時間或者較多。

到六歲時我的弟弟方兩歲，兩人同時出了疹子，時正六月，日夜皆在嚇人高熱中受苦，又不能躺下睡覺，一躺下就咳嗽發喘，又不要人抱，抱時全身難受，我還記得我同我那弟弟兩人當時皆用竹簟捲好，同春捲一樣，豎立在屋中陰涼處，家中人當時業已爲我們預備了兩具小小棺木；擱在院中廊下，但十分幸運，兩人到後來居然全好了。我的弟弟病後雇請了一個壯實高大的苗婦人照料，照料得法，他便壯大異常。我因此一病，卻完全改了樣子，從此不再與肥胖爲緣了。

六歲時我已單獨上了私塾。如一般風氣，凡是私塾中給予小孩子的虐待，我照樣也得到了一分。但初上學時我因爲在家中業已認字不少，記憶力從小又似乎特別好，故比較其餘小孩，可謂十分幸福。第二年後換了一個私塾，在這私塾中我跟從了幾個較大的學生，學會了頑劣孩子抵抗頑固塾師的方法，逃避那些書本去同一切自然相親近。這一年的生活形成了我一生性格與感情的基礎。我間或逃學，且一再說謊，掩飾我逃學應受的處罰。我的爸爸因這件事十分憤怒，有一次竟說若再逃學說謊，便當實行砍去我一個手指。我仍然不爲這話所恐嚇，機會一來時總不把逃學的機會輕輕放過。當我學會了用自己眼睛看世界一切，到一切生活中去生活時，學校對於我便已毫無興味可言了。

我爸爸平時本極愛我，我曾經有一時還做過我那一家的中心人物。稍稍害點病時，一家人便光著眼睛不即睡眠，在床邊服侍我，當我要誰抱時誰就伸出手來。家中那時經濟情形很好，我在物質方面所享受到的，比起一般親戚小孩似乎皆好得多。我的爸爸既一面只做將軍的好夢，一面對於我卻懷了更大的希望。他彷彿早就看出我不是個軍人，不希望我做將軍，卻告給我祖父的許多勇敢光榮的故事，以及他庚子年間所得的一分經驗。他以爲我不拘做什麼事，總之應比做個將軍高些。第一個讚美我明慧的就是我的爸爸。可是當他發現了我成天從塾中逃出到太陽底下同一群小流氓游蕩，任何方法都不能拘束這顆小小的心，且不能禁止我狡猾的說謊時，我的行爲實在傷了這個軍人的心。同時那小我四歲的弟弟，因爲看護他的苗婦人照料十分得法，身體養育得強壯異常，年齡雖小，便顯得氣派宏大，凝靜結實，且極自尊自愛，故家中人對我感到失望時，對他便異常關切起來。這小孩子到後來也并不辜負家中人的期望，二十二歲時便作了步兵上校。至於我那個爸爸，卻在蒙古，東北，西藏，各處軍隊中混過，民國二十年時還只是一個上校，把將軍希望留在弟弟身上，在家鄉從一種輕微的疾病中便瞑目了。

我有了外面的自由，對於家中的愛護反覺處處受了牽制，因此家中人疏忽了我的生活時，反而似乎使我方便了一些。領導我逃出學塾，儘我到日光下去認識這大千世界微妙的光，稀奇的色，以及萬彙百物的動靜，這人是我一個張姓表哥。他開始帶我到他家中橘柚園中去玩，到各處山上去玩，到各種野孩子堆裡去玩，到水邊去玩。他教我說謊，用一種謊話對付家中，又用另一種謊話對付學塾，引誘我跟他各處跑去。即或不逃學，學塾爲了擔心學童下河洗澡，每度中午散學時，照例必在每人手心中用硃筆寫一大字，我們尚依然能夠一手高舉，把身體泡到河水中玩個半天，這方法也虧那表哥想出的。我感情流動而不凝固，一派清波給予我的影響實在不小。我幼小時較美麗的生活，大部分都與水不能分離。我的學校可以說是在水邊的。我認識美，學會思索，水對我有極大的關係。我最初與水接近，便是那荒唐表哥領帶的。

現在說來，我在做孩子的時代，原本也不是個全不知自重的小孩子。我并不愚蠢。當時在一班表兄弟和弟兄中，似乎只有我那個哥哥比我聰明，我卻比其他一切孩子解事。但自從那表哥教會我逃學後，我便成爲毫不自重的人了。在各樣教訓各樣方法管束下，我不喜歡讀書的性情，從塾師方面，從家庭方面，從親戚方面，莫不對於我感覺得無多希望。我的長處到那時只是種種的說謊。我非從學塾逃到外面空氣下不可，逃學過後又得逃避處罰，我最先所學，同時拿來致用的，也就是根據各種經驗來製作各種謊話。我的心總得爲一種新鮮聲音，新鮮顏色，新鮮氣味而跳。我得認識本人生活以外的生活。我的智慧應當從直接生活上得來，卻不需從一本好書一句好話上學來。似乎就只這樣一個原因，我在學塾中，逃學紀錄點數，在當時便比任何一人都高。

離開私塾轉入新式小學時，我學的總是學校以外的，到我出外自食其力時，我又不曾在我職務上學好過什麼。二十年後我「不安於當前事務，卻傾心於現世光色，對於一切成例與觀念皆十分懷疑，卻常常爲人生遠景而凝眸。」這分性格的形成，便應當溯源於小時在私塾中的逃學習慣。

自從逃學成爲習慣後，我除了想方設法逃學，什麼也不再關心。

有時天氣壞一點，不便出城上山裡去玩，逃了學沒有什麼去處，我就一個人走到城外廟裡去，那些廟裡總常常有人在殿前廊下絞繩子，織竹簟，做香，我就看他們做事。有人下棋，我看下棋。有人打拳，我看打拳。甚至於相罵，我也看著，看他們如何罵來罵去，如何結果。因爲自己既逃學，走到的地方必不能有熟人，所到的必是較遠的廟裡。到了那裡，既無一個熟人，因此什麼事皆只好用耳朵去聽，眼睛去看，直到看無可看聽無可聽時，我便應當設計打量我怎麼回家去的方法了。

來去學校我得拿一個書籃。逃學時還把書籃挂到手肘上，這就未免太蠢了一點。凡這麼辦的可以說是不聰明的孩子。許多這種小孩子，因爲逃學到各處去，人家一見就認得出，上年紀一點的人見到時就會說：逃學的人，你趕快跑回家挨打去，不要在這裡玩。若無書籃可不必受這種教訓。因此我們就想出了一個方法，把書籃寄存到一個土地廟裡去。那地方無一個人看管，但誰也用不著擔心他的書籃。小孩子對於土地神全不缺少必需的敬畏，都信託這木偶，把書籃好好的藏到神座龕子裡去，常常同時有五個或八個，到時卻各人把各人的拿走，誰也不會亂動旁人的東西。我把書籃放到那地方去，次數是不能記憶了的，照我想來，擱的最多的必定是我。

逃學失敗被家中學校任何一方面發覺時，兩方面總得各挨一頓打，在學校得自己把板凳搬到孔夫子牌位前，伏在上面受笞。處罰過後還要對孔夫子牌位作一揖，表示懺悔。有時又常常罰跪至一根香時間。我一面被處罰跪在房中的一隅，一面便記著各種事情，想像恰如生了一對翅膀，憑經驗飛到各樣動人事物上去。按照天氣寒暖，想到河中的鱖魚被釣起離水以後撥剌的情形，想到天上飛滿風箏的情形，想到空山中歌呼的黃鸝，想到樹木上纍纍的果實。由於最容易神往到種種屋外東西上去，反而常把處罰的痛苦忘掉，處罰的時間忘掉，直到被喚起以後爲止，我就從不曾在被處罰中感覺過小小冤屈。那不是冤屈。我應感謝那種處罰，使我無法同自然接近時，給我一個練習想像的機會。

家中對這件事自然照例不大明白情形，以爲只是教師方面太寬的過失，因此又爲我換一個教師。我當然不能在這些變動上有什麼異議。現在說來我倒又得感謝我的家中，因爲先前那個學校比較近些，雖常常繞道上學，終不是個辦法，且因繞道過遠，把時間耽誤太久時，無可託詞。現在的學校可眞很遠很遠了，不必包繞偏街，我便應當經過許多有趣味的地方了。從我家中到那個新的學塾裡去時，路上我可看到針鋪門前永遠必有一個老人戴了極大的眼鏡，低下頭來在那裡磨針。又可看到一個傘鋪，大門敞開，作傘時十幾個學徒一起工作，儘人欣賞。又有皮靴店，大胖子皮匠天熱時總腆出一個大而黑的肚皮，（上面有一撮毛！）用夾板上鞋。又有剃頭鋪，任何時節總有人手托一個小小木盤，呆呆的在那裡儘剃頭師傅刮頭。又可看到一家染坊，有強壯多力的苗人，踹在凹形石碾上面，站得高高的，偏左偏右的搖蕩。又有三家苗人打豆腐的作坊，小腰白齒頭包花帕的苗婦人，時時刻刻口上都輕聲唱歌，一面引逗縛在身背後包單裡的小苗人，一面用放光的銅勺舀取豆漿。我還必需經過一個豆粉作坊，遠遠的就可聽到騾子推磨隆隆的聲音，屋頂棚架上晾滿白粉條。我還得經過一些屠户肉案桌，可看到那些新鮮豬肉砍碎時尚在跳動不止。我還得經過一家紮冥器出租花轎的鋪子，有白面無常鬼，藍面魔鬼，魚龍，轎子，金童玉女，每天且可以從他那裡看出有多少人接親，有多少冥器，那些定做的作品又成就了多少，換了些什麼式樣，并且還常常停頓一兩分鐘，看他們貼金，傅粉，塗色。

我就歡喜看那些東西，一面看一面明白了許多事情。

每天上學時照例手肘上挂了那個竹籃，裡面放兩本破書，在家中雖不敢不穿鞋，可是一出了大門，即刻就把鞋脫下拏到手上，赤腳向學校走去。不管如何，時間照例是有多餘的，因此我總得繞一節路玩玩。若從西城走去，在那邊就可看到牢獄，大清早若干人從那方面帶了腳鐐從牢中出來，派過衙門去挖土。若從殺人處走過，昨天殺的人還不收屍，一定已被野狗把屍首咋碎或拖到小溪中去了，就走過去看看那個糜碎了的屍體，或拾起一塊小小石頭，在那個汙穢的頭顱上敲打一下，或用一木棍去戳戳，看看會動不動。若還有野狗在那裡爭奪，就預先拾了許多石頭放在書籃裡，隨手一一向野狗拋擲，不再過去，只遠遠的看看，就走開了。

既然到了溪邊，有時候溪中漲了小小的水，就把袴管高捲，書籃頂在頭上，一隻手扶書籃一隻手照料袴子，在沿了城根流去的溪水中走去，直到水深齊膝處爲止。學校在北門，我出的是西門，又進南門，再繞從城裡大街一直走去。在南門河灘方面我還可以看一陣殺牛，機會好時恰好正看到那老實可憐畜生放倒的情形。因爲每天可以看一點點，殺牛的手續同牛內臟的位置不久也就被我完全弄清楚了。再過去一點就是邊街，有織簟子的鋪子，每天任何時節皆有幾個老人坐在門前用厚背的鋼刀破篾，有兩個小孩子蹲在地上織簟子。（這種事情在學校門邊也有，我對於這一行手藝，所明白的種種，現在說來似乎比寫字還在行。）又有鐵匠鋪，製鐵爐同風箱皆佔據屋中，大門永遠敞開著，時間即或再早一些，也可以看到一個小孩子兩隻手拉著風箱橫柄，把整個身子的分量前傾後倒，風箱於是就連續發出一種吼聲，火爐上便放出一股臭煙同紅光。待到把赤紅的熱鐵拉出擱放到鐵砧上時，這個小東西，趕忙舞動細柄鐵鎚，把鐵鎚從身背後揚起，在身面前落下，火花四濺的一下一下打著。有時打的是一把刀，有時打的是一件農具。有時看到的又是用一把鑿子在未淬水的刀上起去鐵皮，有時又是把一條薄薄的鋼片嵌進熟鐵裡去。日子一多，關於任何一件機器的製造秩序我也不會弄錯了。邊街又有小飯鋪，門前有個大竹筒，插滿了用竹子削成的筷子。有乾魚同酸菜，用缽頭裝滿放在門前櫃檯上，引誘主顧上門，意思好像是說，「喫我，隨便喫我，好喫！」每次我總仔細看看，眞所謂過屠門而大嚼。

我最歡喜天上落雨，一落了小雨，若腳下穿的是布鞋，即或天氣正當十冬臘月，我也可以用恐怕溼卻鞋襪爲辭，有理由即刻脫下鞋襪赤腳在街上走路。但最使人開心事，還是落過大雨以後，街上許多地方已被水所浸沒，許多地方陰溝中湧出水來，在這些地方照例常常有人不能過身，我卻赤著兩腳故意向深水中走去。若河中漲了點水，照例上游會漂流得有木頭、傢具、南瓜同其他東西，就趕快到橫跨大河的橋上去看熱鬧。橋上必已經有人用長繩繫了自己的腰身，在橋頭上待著，注目水中，有所等待，看到有一段大木或一件値得下水的東西浮來時，就湧身一躍，騎到那樹上，或傍近物邊，把繩子縛定，自己便快快的向下游岸邊泅去，另外幾個在岸邊的人把水中人援助上岸後，就把繩子拉著，或纏繞到大石上大樹上去，於是第二次又有第二人來在橋頭上等候。我歡喜看人在洄水裡扳罾，巴掌大的活魚在網中蹦跳。一漲了水照例也就可以看這種有趣味的事情。照家中規矩，一落雨就得穿上釘鞋，我可眞不願意穿那種笨重釘鞋。雖然在半夜時有人從街巷裡過身，釘鞋聲音實在好聽，大白天對於釘鞋我依然毫無興味。

若在四月落了點小雨，山地裡田塍上各處皆是蟋蟀聲音，眞使人心花怒放。在這些時節，我便覺得學校眞沒意思，簡直坐不住，總得想方設法逃學上山去捉蟋蟀。有時沒有什麼東西安置這小東西，就走到那裡去，把第一隻捉到手後又捉第二隻，兩隻手各有一隻後，就聽第三隻。本地蟋蟀原分春秋二季，春季的多在田間泥裡草裡，秋季的多在人家附近石罅裡瓦礫中，如今既然這東西只在泥層裡，故即或兩隻手心各有一匹小東西後，我總還可以想方設法把第三隻從泥土中趕出，看看若比較手中的大些，即開釋了手中所有，捕捉新的，如此輪流換去，一整天方捉回兩隻小蟲。城頭上有白色炊煙，街巷裡有搖鈴鐺賣煤油的聲音，約當下午三點左右時，趕忙走到一個刻花板的老木匠那裡去，很興奮的同那木匠說：「師傅師傅，今天可捉了大王來了！」

那木匠便故意裝成無動於衷的神氣，仍然坐在高櫈上玩他的車盤，正眼也不看我的說：「不成，要打打得賭點輸贏！」

我說：「輸了替你磨刀成不成？」

「嗨，夠了，我不要你磨刀，上次磨鑿子還磨壞了我的傢伙！」

這不是冤枉我的一句話，我上次的確磨壞了他一把鑿子。不好意思再說磨刀了，我說：

「師傅，那這樣辦法，你借給我一個瓦盆子，讓我自己來試試這兩隻誰能幹些好不好？」我說這話時真怪和氣，爲的是他以逸待勞，不允許我還是無辦法。

那木匠想了想，好像莫可奈何的樣子，「借盆子得把戰敗的一隻給我，算作租錢。」

我滿口答應，「那成那成。」

於是他方離開車盤，很慷慨的借給我一個泥罐子，頃刻之間我也就只剩下一隻蟋蟀了。這木匠看看我捉來的蟲還不壞，必向我提議：「我們來比比，你贏了我借你這泥罐一天；你輸了，你把這蟋蟀輸給我：辦法公平不公平？」我正需要那麼一個辦法，連說公平公平，於是這木匠進去了一會兒，拿出一隻蟋蟀來同我一鬥，不消說，三五回合我的自然又敗了。他用的蟋蟀照例卻常常是我前一天輸給他的。那木匠看看我有點頹喪，明白我認識那匹小東西，擔心我生氣時一摔，一面趕忙收拾盆罐，一面帶著鼓勵我神氣笑笑的說：

「老弟，老弟，明天再來，明天再來！你應當捉好的來，走遠一點。明天來，明天來！」

我什麼話也不說，微笑著，出了木匠的大門，回家了。

這樣一整天在爲雨水泡軟的田塍上亂跑，回家時常常全身是泥，家中當然一望而知，於是不必多說，沿老例跪一根香，罰關在空房子裡，不許哭，不許喫飯。等一會兒我自然可以從姊姊方面得到充飢的東西。悄悄的把東西喫下以後，我也疲倦了，因此空房中即或再冷一點，老鼠來去很多，一會兒就睡著，再也不知道如何上床的事了。

即或在家中那麼受折磨，到學校去時又免不了補挨一頓板子，我還是在想逃學時就逃學，絕不爲經驗所恐嚇。

有時逃學又只是到山上去偷人家園地裡的李子枇杷，主人拏著長長的竹桿子大罵著追來時，就飛奔而逃，逃到遠處一面喫那個贓物，一面還唱山歌氣那主人。總而言之，人雖小小的，兩隻腳跑得很快，什麼茨棚裡鑽去也不在乎，要捉我可捉不到，就認爲這種事很有趣味。

可是只要我不逃學，在學校裡我是不至於像其他那些人受處罰的。我從不用心念書，但我從不在應當背誦時節無法對付。許多書總是臨時來讀十遍八遍背誦時節卻居然琅琅上口，一字不遺。也似乎就由於這分小小聰明，學校把我同一般人的待遇，更使我輕視學校。家中不瞭解我爲什麼不想上進，不好好的利用自己聰明用功，我不瞭解家中爲什麼只要我讀書，不讓我玩。我自己總以爲讀書太容易了點，把認得的字記記那不算什麼希奇。最希奇處應當是另外那些人，在他那分習慣下所做的一切事情。爲什麼騾子推磨時得把眼睛遮上？爲什麼刀得燒紅時在水裡一淬方能堅硬？爲什麼雕佛像的會把木頭雕成人形，所貼的金那麼薄又用什麼方法作成？爲什麼小銅匠會在一塊銅板上鑽那麼一個圓眼，刻花時刻得整整齊齊？這些古怪事情太多了。

我生活中充滿了疑問，都得我自己去找尋答解。我要知道的太多，所知道的又太少，有時便有點發愁。就爲的是白日裡太野，各處去看，各處去聽，還各處去嗅聞死蛇的氣味，腐草的氣味，屠户身上的氣味，燒碗處土窯被雨以後放出的氣味，要我說來雖當時無法用言語去形容，要我辨別卻十分容易。蝙蝠的聲音，一隻黃牛當屠户把刀剸進牠喉中時嘆息的聲音，藏在田塍土穴中大黃喉蛇的鳴聲，黑暗中魚在水面撥剌的微聲，全因到耳邊時分量不同，我也記得那麼清清楚楚。因此回到家裡時，夜間我便做出無數希奇古怪的夢。這些夢直到將近二十年後的如今，還常常使我在半夜時無法安眠，既把我帶回到那個「過去」的空虛裡去，也把我帶往空幻的宇宙裡去。

在我面前世界已夠寬廣了，但我似乎就還得一個更寬廣的世界。我得用這方面弄到的知識證明那方面的疑問。我得從比較中知道誰好誰壞。我得看許多業已由於好詢問別人，以及好自己幻想，所感覺到的世界上的新鮮事情，新鮮東西。結果能逃學我逃學，不能逃學我就只好做夢。

照地方風氣說來，一個小孩子野一點的照例也必需強悍一點，因此各處方能跑去。各處跑去皆隨時會有一樣東西在無意中撲到你身邊來，或是一隻兇惡的狗，或是一個頑劣的人。無法抵抗這點襲擊，就不容易各處自由放蕩。一個野一點的孩子，即或身邊不必時時刻刻帶一把小刀，也總得帶一削光的竹塊，好好的插到袴帶上；遇機會到時，就取出來當作軍器。尤其是到一個離家較遠的地方去看木傀儡戲，不準備廝殺一場簡直不成。你能幹點，單身往各處去，有人挑戰時還只是一人近你身邊來惡鬥，若包圍到你身邊的頑童人數極多，你還可挑選同你精力不大相差的一人；你不妨指定其中之一個說：

「要打嗎？你來。我同你來。」

到時也只那一個人攏來，被他打倒，你活該，只好伏在地上儘他壓著痛打一頓，你打倒了他，他活該，你把他揍夠後你當時可以自由走去，誰也不會追你，只不過說句「下次再來」罷了。

可是你根本上若就十分怯弱？即或結伴同行，到什麼地方去時，也會有人特意挑出你來毆鬥，應戰你得喫虧，不答應你得被仇人與同伴兩方面奚落，頂不經濟。

感謝我那爸爸給了我一分勇氣，人雖小，到什麼地方去我總不嚇怕。到被人圍上必需打架時，我能挑出那些同我不差多少的人來，我的敏捷同機智，總常常佔點上風。有時氣運不佳，無意中被人摔倒，我還會有方法翻身過來壓到別人身上去。在這件事上我只喫過一次虧，不是一個小孩，卻是一隻惡狗，把我攻倒後，咬傷了我一隻手。我走到任何地方去皆不怕誰，同時又換了好些私塾，各處皆有些同學，並且互相皆逃過學，便有無數朋友，因此也不會同人打架了。可是自從被那隻惡狗攻倒過一次以後，到如今我卻依然十分怕狗。

至於我那地方的大人，用單刀在大街上決鬥本不算回事。事情發生時，那些有小孩子在街上玩的母親，也不過說：「小雜種，站遠一點，不要太近。」囑咐小孩子稍稍站開點兒罷了。但本地軍人互相砍殺雖不出奇，行刺暗算卻不作興。這類善於毆鬥的人物，在當地另成一組，豁達大度，謙卑接物，爲友報仇，愛義好施，且多非常孝順。但這類人物爲時代所陶冶，到民五以後也就漸漸消滅了，雖有些青年軍官還保存那點風格，風格中最重要的一點灑脫處，卻爲了軍紀一類影響，大不如前輩了。

我有三個堂叔叔，皆住在城南鄉下，離城四十里左右。那地方名黃羅寨，出強悍的人同猛鷙的獸，我爸爸三歲時在那裡差一點險被老虎咬去，我四歲左右，到那裡第一天，就看見鄉下人擡了一隻死虎進城，給我留下極深刻的印象。

我有一個表哥，住在城北十里地名長寧哨的鄉下，從那裡再過十里便是苗鄉。表哥是一個紫色臉膛的人，一個守碉堡的戰兵。我四歲時被他帶到鄉下去過了三天，二十年後還記得那個小小城堡黃昏來時鼓角的聲音。

這戰兵在苗鄉有點勢力，很能喊叫一些苗人。每次來城時，必爲我帶一隻小雞或一點別的東西。一來爲我說苗人故事，臨走時我總不讓他走。我歡喜他，覺得他比鄉下叔父有趣。

選文題解

本篇選自《沈從文自傳》，內容描述作者的兒時記憶，文中充滿對自然事物的熱愛、對街坊人物的觀察、對自由生活的嚮往，在與「自然人事」的親近中，獲得到課堂與書本上未曾觸及的知識。

沈從文曾說：「若把一本好書同這種好地方任我揀選一種，直到如今，我還覺得不必看這本弄虛作僞、千篇一律用文字寫成的小書，卻應當去讀那本色香具備，內容充實，用人事寫成的大書。」（《沈從文文集》）小書是私塾、學堂、新式小學裡的課本；大書是整個世界，是作者對世界的觀察與熱情。兩者對照，與其說作者反對書本的學習，更貼切的講，是大書裡的自然與人性，更加吸引主角的天眞好奇。全文形象生動，展現主角對世界的探索與自然求知的渴望。

作者簡介

沈從文（A.D.1902～A.D.1988），原名沈岳煥，後改名爲從文。筆名小兵、懋琳、休芸芸等，湖南鳳凰縣人（今湘西土家族苗族自治州）。沈從文曾加入湘西土著部隊，隨軍移防，之後前往北京追尋文學夢，於北京大學旁聽、在京師圖書館裡自學，先後結識郁達夫、徐志摩等人，在他們的幫助下，踏上文學之路。

沈從文一生著作豐碩，例如《湘西散記》、《從文自傳》、《邊城》等，斐聲中外。1949年以後局勢驟變，不再創作，專心從事歷史文物研究，著有《中國古代服飾研究》等書。沈從文作品在日本、美、英等四十多國出版，兩度被提名爲諾貝爾文學獎候選人。

閱讀指引

沈從文的寫作風格自然而生動，能在細微的景致裡，挖掘醇美的特質，同時對人性的刻劃入木三分，讓讀者感受到生命力的律動。

本文以幼童的視角出發，描寫童年的成長經驗，諸如辨別蝙蝠的聲音、黃牛死前的嘆息聲、土穴裡大黄喉蛇的鳴聲、屠戶身上的氣味等等，都是親自翻閱眼前寬廣世界的「大書」，將切身的體驗轉換爲對自然與人文的學習，帶著好奇之眼，以童心探索世界。

一、背負父親期待的家庭身世

本文從自身的家庭背景入手，四歲開始認字、六歲上私塾。父親原先是期望沈從文能夠繼承志向從軍，當個將軍。但沈從文六歲時與弟弟生了一場大病，病癒後身體瘦弱，而弟弟壯大結實，因此父親便把將軍夢放在弟弟身上，「於我卻懷了更大的希望」、「他以爲我不拘做什麼事，總之應比做個將軍高些」。

文中表示「第一個讚美我明慧的就是我的爸爸」，但也因幼時對自然的親近和嚮往，開始逃學，使得父親與家人感到失望。文中描述自己在讀私塾時，便學會了抵抗頑固塾師的方法，這樣的生活「形成了我一生性格與情感的基礎」，並且學會了「用自己的眼睛看世界一切」，「到一切生活中去生活」，以此開啓了成長的序幕。

二、透過觀察與想像，認識世界

文中描寫逃出學塾後，跟著表哥到橘柚園去玩，「到日光下去認識這大千世界微妙的光，希奇的色，以及萬彙百物的動靜」，親自去認識「生活」與「世界」這本大書，看人磨針、作傘、剃頭、紮冥器、殺牛、打鐵……「一面看一面明白了許多事情」。

文章描寫細膩，展現過人的觀察力。作者自述「我自己總以爲讀書太容易了點，把認得的字記記那不算什麼希奇。最希奇處應當是另外那些人，在他那分習慣下所做的一切事情」。

相應於好奇心所驅動的觀察力，另一項特質，就是澎湃的想像力。即使因爲逃學被家人罰跪，身體侷限在小屋之中，也能靠著想像的翅膀，翺翔在空幻的宇宙。甚至認爲「我就從不曾在被處罰中感覺過小小冤屈。那不是冤屈。我應感謝那種處罰，使我無法同自然親近時，給我一個練習想像的機會。」

文中主角運用自己過人的觀察力與想像力去認識世界，在他眼中，每一件事都新鮮有趣。雖然不是在課堂上學習，但卻在世界這本大書中學習，跳脫出制式的框架，走出屬於自己的另一條路。

三、對世界懷抱疑問，追尋解答

之所以觀察生活的細節，其核心是對世界的好奇，對於種種未解的疑問，起身追尋。

文中表示「我生活中充滿了疑問，都得我自己去找尋答解。我要知道的太多，所知道的又太少。」因此帶著疑問的好奇之眼，在自然這本大書中觀察，進而感受細膩的差異，例如蝙蝠的聲音、黑暗中魚在水面撥剌的微聲、腐草的氣味。這些聽覺、嗅覺的接收，都是以好奇與疑問爲出發點，在細膩的觀察中，得到體驗式的答案。文中也描述「牢獄附近殺人處死刑犯的屍首」、「看野狗把屍首咋碎拖到小溪去，溪中糜碎了的屍體」，表達在「自然」的世界裡，有明亮的風光，也有陰影與粗暴，透過多元且開放的學習，認識自然的日常與無常。

四、認識世界的多樣，更有勇氣面對世界

文章最後提到自身的勇氣與強悍。因爲遊蕩時，難免遇到兇惡的狗、頑劣的人，「無法抵抗這點襲擊，就不容易各處自由放蕩」，所以必須要帶點勇氣、強悍，以及機智的反應。

作者將自身敏銳的觀察力應用在保護自己身上，分享自己身臨險境時的應變之道。除了感謝父親給的一分勇氣，同時也論述自己所處湘西地區的民風。「這類善於毆鬥的人物，在當地另成一組，豁達大度，謙卑接物，爲友報仇，愛義好施，且多非常孝順」。可見當時的民風剽悍但純樸善良，作者在這樣的環境下成長，也奠定其幼年的性格。

整體而言，文章歷數童年的經歷，有自然的體驗，到山地裡捉蟋蟀；有生活的觀察，看南門殺牛、鐵匠打鐵；有社會的剪影，看牢獄附近的犯人與屍首等等。「我生活中充滿疑問，都得我自己去找尋答解。我要知道的太多，所知道的又太少。」童年的好奇探索，對於日後性格的陶冶，有深遠的影響，同時也呈現整個世界的多樣複雜。

知名學者夏志清給予沈從文的作品相當高的評價，他認爲：「沈從文的田園氣息，在道德意識來講，其對現代人處境的關注之情，是與華茲華斯、葉慈和福克納等西方作家一樣迫切的。」文章中除了描述自然景象外，對於人事的描繪、砍頭死亡的書寫，呈現低調的人道批評。現今讀沈從文的文章，更該反思在影音媒體當道的時代，除了低頭徜徉在虛擬世界，也該閱讀生活與自然，在現實中開展生命的視野。

（撰稿教師：梁雅英）

多元思考

1. 格局決定結局，《左傳》記載重耳從流亡到成霸的歷程，生動描寫重耳的舉止形象、人際互動，並呈現重耳的成長。請問文中哪些部分可以看出重耳的人格特質和格局？試舉例並說明。
2. 〈我讀一本小書同時又讀一本大書〉是以兒童的目光認識世界。請回想兒時的玩耍經驗，試想，當我們漸漸失去了童趣，是否換來了什麼成長？隨著年齡漸漸增長，你感興趣的事物有哪些轉變？

延伸閱讀

沈從文：《沈從文自傳》（臺北：聯合文學出版社，2022）

（中國）沈好放導演：《東周列國．春秋篇》（中國中央電視臺，1996）

請沿虛線剪下

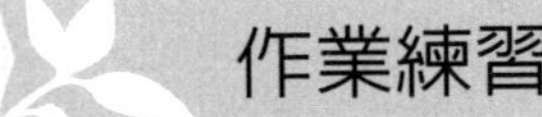

作業練習

1. 沈從文〈我讀一本小書同時又讀一本大書〉運用各種感官摹寫技巧，文章不只寫視覺上看到的顏色，就連嗅覺、聽覺的感受，也一併書寫出來，請以日常行動（例如喝飲料、吃飯、打球、走路）為對象，結合視、聽、嗅、味、觸感官（至少運用三個感官描摹），進行約250字的書寫。
2. 每個人的童年，都有許多有趣、難以忘懷的故事。你的童年是否發生過令你印象深刻的事情？請以約1000字，將這個事件敘述完整。

請沿虛線剪下

上卷　生命的思索

第三單元

情之所鍾
正在我輩

梁雅英、隋利儀、徐培晃

單元理念

我們是人，不是機器，更多時候在乎的不是效率、不是利益，是感情，人與人之間最單純的連繫，親情、友情與愛情，親情是生命的臍帶，最初的哺育；友情則反映自身向世界敞開的型態，觀其友其人可知也；愛情則是將彼此認證爲生命的另一半。

《世說新語．傷逝》說：「聖人忘情，最下不及情，情之所鍾正在我輩。」在各種感情的樣態裡，更該沉思：走進生命裡的人，教會我們哪些事？本單元分別觀照親情、友情、愛情。

林文月〈給母親梳頭髮〉突然驚覺母親的頭髮斑白了——母親什麼時候變老了？似乎是在察覺的剎那頓時變老。曾經被哺育的兒女，轉過身，替母親梳頭髮，眞正的長大，該是從有能力照顧另一個人開始算起。

歐陽脩〈黃夢升墓誌銘〉寫志趣相投的朋友，相識數十年，各在紅塵打滾——打滾紅塵，數年未見，還能推爲知己，兩人都是一片赤誠眞心。

夐虹〈水紋〉將情感的創痛形容爲燎原的情火——如何與椎心刺骨的愛道別？在愛裡，學會珍惜與學會道別同等重要，讓過去成爲船邊的水紋，因爲生命要繼續向前航行。

經典閱讀一

給母親梳頭髮

林文月

這一把用了多年的舊梳子，滑潤無比，上面還深染著屬於母親的獨特髮香。我用它小心翼翼地給坐在前面的母親梳頭；小心謹愼，盡量讓頭髮少掉落。

天氣十分晴朗，陽光從七層樓的病房玻璃窗直射到床邊的小几上。母親的頭頂上也耀著這初夏的陽光。她背對我坐著，花白的每一莖髮根都清清楚楚可見。

唉，曾經多麼烏黑豐饒的長髮，如今卻變得如此稀薄，只餘小小一握在我的左手掌心裡。

記得小時候最喜歡早晨睜眼時看到母親梳理頭髮。那一頭從未遭遇過剪刀的頭髮，幾乎長可及地，所以她總是站在梳妝臺前梳理，沒法子坐著。一把梳子從頭頂往下緩緩地梳，還得用她的左手分段把捉著才能梳通。母親性子急，家裡又有許多事情等著她親自料理，所以常常會聽見她邊梳邊咕噥：「討厭死啦！這麼長又這麼多。」有時她甚至會使勁梳扯，好像故意要拉掉一些髮絲似的。全部梳通之後，就在後腦勺用一條黑絲線來回地紮，紮得牢牢的，再將一根比毛線針稍細的鋼針穿過，然後便把垂在背後的一把烏亮的長髮在那鋼針上左右盤纏，梳出一個均衡而標致的髻子；接著，套上一枚黑色的細網，再用四支長夾子從上下左右固定形狀；最後，拔去那鋼針，插上一隻金色的耳挖子，或者戴上有翠飾的簪子。這時，母親才舒一口氣，輕輕捶幾下舉痠了的雙臂；然後，著手收拾攤開在梳妝臺上的各種梳櫛用具。有時，她從鏡子裡瞥見我在床上靜靜偷看她，就會催促：「看什麼呀，醒了還不快起床。」也不知道是甚麼緣故，對於母親梳頭的動作，我眞是百覿不厭。心裡好羨慕那一長髮，覺得她那熟練的一舉一動也很動人。

我曾經問過母親，爲甚麼一輩子都不剪一次頭髮呢？她只是回答說：「呶，就因爲小時候你阿公不許剪；現在你們爸爸又不准。」自己的頭髮竟由不得自己作主，這難道是「三從四德」的遺跡嗎？我有些可憐她；但是另一方面卻又慶幸她沒有把這樣美麗的頭髮剪掉，否則我就看不到她早晨梳髮的模樣兒了。跟母親那一頭豐饒的黑髮相比，我的短髮又薄又黃大概是得自父親的遺傳吧，這眞令人嫉妒，也有些兒教人自卑。

母親是一位典型的老式賢妻良母。雖然她自己曾受過良好的教育，可是自從我有記憶以來，她似乎是把全副精神都放在家事上。她伺候父親的生活起居，無微不至，使得在事業方面頗有成就的父親回到家裡就變成一個完全無助的男人；她對於子女們也十分費心照顧，雖然家裡一直都雇有女傭打雜做粗活兒，但她向來都是親自上市場選購食物，全家人所用的毛巾手絹等，也都得由她親手漂洗。我們的皮鞋是她每天擦亮的，她甚至還要在周末給我們洗曬球鞋。所以星期天上午，那些大大小小，黑色的白色的球鞋經常齊放在陽臺的欄干上。我那時極厭惡母親這樣子做，深恐偶然有同學或熟人走過門前看見；然而，我卻忽略了自己腳上那雙乾淨的鞋子是怎麼來的。

母親當然也很關心子女的讀書情形。她不一定查閱或指導每一個人的功課；只是盡量替我們減輕做功課的負荷。說來慚愧，直到上高中以前，我自己從未削過一枝鉛筆。我們房間裡有一個專放文具用品的五斗櫃，下面各層抽屜中存放著各色各樣的筆記本和稿紙類，最上面的兩個抽屜裡，左邊放著削尖的許多粗細鉛筆，右邊則是寫過磨損的鉛筆。我們兄弟姊妹放學後，每個人只要把鉛筆盒中寫鈍了的鉛筆放進右邊小抽屜，再從左邊抽屜取出削好的，便可各自去寫功課了。從前並沒有電動的削鉛筆機，好像連手搖的都很少看到；每一枝鉛筆都是母親用那把銳利的「士林刀」削妥的。現在回想起來，母親未免太過寵愛我們；然而當時卻視此爲理所當然而不知感激。有一回，我放學較遲，削尖的鉛筆已被別人拿光，竟爲此與母親鬥過氣。家中瑣瑣碎碎的事情那麼多，我眞想像不出母親是甚麼時間做這些額外的工作呢？

歲月流逝，子女們都先後長大成人，而母親卻在我們忙於成長的喜悅之中不知不覺地衰老。她姣好的面龐有皺紋出現，她的一頭美髮也花白而逐漸稀薄了。這些年來，我一心一意照料自己的小家庭，也忙著養育自己的兒女，更能體會往日母親的愛心。我不再能天天與母親相處，也看不到她在晨曦中梳理頭髮的樣子，只是驚覺於那顯著變小的髮髻。她仍然梳著相同樣式的髻子，但是，從前堆滿後頸上的烏髮，如今所餘且不及四分之一的分量了。

近年來，母親的身體已大不如往昔，由於心臟機能衰退，不得不爲她施行外科手術，將一個火柴盒大小的乾電池裝入她左胸口的表皮下。這是她有生以來首次接受過的開刀手術。她自己十分害怕，而我們大家更是憂慮不已。幸而，一切順利，經過一夜安眠之後，母親終於度過了難關。

數日後，醫生已准許母親下床活動，以促進傷口癒合並恢復體力。可是，母親忽然變得十分軟弱，不再像是從前翼護著我們的那位大無畏的婦人了。她需要關懷，需要依賴，尤其頗不習慣裝入體內的那個乾電池，甚至不敢碰觸也不敢正視它。好潔成癖的她，竟因而拒絕特別護士爲她沐浴。最後，只得由我出面說服，每隔一日，親自爲她拭洗身體。起初，我們兩個人都有些忸怩不自在。母親一直嘀咕著：「怎麼好意思讓女兒洗澡吶！」我用不頂熟練的手，小心爲她拭擦身子；沒想到，她竟然逐漸放鬆，終於柔順地任由我照料。我的手指遂不自覺地帶著一種母性的慈祥和溫柔，愛憐地爲母親洗澡。我相信當我幼小的時候，母親一定也是這樣慈祥溫柔地替我沐浴過的。於是，我突然分辨不出親情的方向，彷彿眼前這位衰老的母親是我嬌愛的嬰兒。我的心裡瀰漫了高貴的母性之愛……

洗完澡後，換穿一身乾淨的衣服，母親覺得舒暢無比，更要求我爲她梳理因久臥病床而致蓬亂的頭髮。我們拉了一把椅子到窗邊。從這裡可以眺望馬路對面的樓房，樓房之後有一排半被白雲遮掩的青山，青山之上是蔚藍的天空。從陰涼的冷氣房間觀覽初夏的外景是相當宜人的，尤其對剛沐浴過的身體，恐怕更有無限爽快的感覺吧。

起初，我們相互閒聊著一些無關緊要的話題。不多久以後，卻變成了我一個人的輕聲絮聒。母親是背對著我坐的，所以看不見她的臉。許是已經睏著了吧？我想她大概是舒服地睏著了，像嬰兒沐浴後那樣……

噓，輕一點。我輕輕柔柔地替她梳理頭髮，依照幼時記憶中的那一套過程。不要驚動她，不要驚動她，好讓她就這樣坐著，舒舒服服地打一個盹兒吧。

選文題解

本篇選自林文月《遙遠》散文集，講述在醫院病房爲年邁的母親梳頭髮，回憶起年幼至今對母親長髮的記憶，從母親慈愛的形象，對應如今的反哺之情。「髮」是貫穿全文的主線，是今昔的對照，也是母女的連結。母親的頭髮由烏黑豐饒到稀疏斑白、身體也由年輕健康到老病衰弱。對家人的照料，也從「無微不至的賢妻良母」，到如今需要家人關懷照護的年邁依賴。

文章透過「母親的髮」帶出歲月的流逝。文末書寫女兒爲母親沐浴、輕柔地梳理頭髮，到母親舒服地打一個盹兒，像嬰兒般進入睡夢之中，帶出親子之間的雙向互動。文章以「今昔今」的寫作手法，前後呼應，流露出親子之間的深情至性。

作者簡介

林文月（A.D.1933～A.D.2023），臺灣彰化縣人，出生於上海日本租界，1946年春隨家人返回臺灣定居。後任教於臺灣大學中文系，曾獲行政院文化獎、國家文藝獎散文獎及翻譯獎，兼學者、作家、翻譯家於一身。其散文清新自然，體現對生命的關照與對事物的關懷，時見細心而體貼，例如在《飲膳札記》中提及邀請客人至家中吃飯，皆有卡片記錄每回宴請的日期、菜單，以及客人的名字，既可以避免讓客人吃到相同的菜餚，也可以從舊菜單得到新靈感。

林文月著作等身，有《京都一年》、《飲膳札記》、《青山青史——連雅堂傳》等，並翻譯日本文學《枕草子》、《源氏物語》等書。日本政府並因其「貢獻於在台日本文學研究發展及促進相互理解」頒發勳章。

閱讀指引

一、母親形象的塑造：今昔今的時空對比

文章分成三大部分，第一部分從滑潤無比的舊梳子開頭，講述自己正在醫院七樓的病房幫母親梳頭髮。因爲母親年邁，頭髮稀疏花白，因此梳髮更需要輕柔、謹慎。文章先從現今的時空切入，油然感慨：「唉，曾經多麼烏黑豐饒的長髮，如今卻變得如此稀薄，只餘小小一握在我的左手掌心裡。」回憶過往母親頭髮的烏黑豐饒，將場景拉回過去。

「記得小時候」早晨睜眼，最愛看母親梳理那頭「烏黑且長可及地」的頭髮。詳細描述母親如何梳髮、如何用鋼針將長髮盤繞，梳理出漂亮的髮髻。然而隨著歲月流逝「子女們都先後長大成人，而母親卻在我們忙於成長的喜悅之中不知不覺地衰老」場景再度從過去拉回現在。子女長大成人，母親日益年邁衰老，「變小的髮髻」、「心臟機能衰退」、母親開刀後的「軟弱依賴」，透過「今昔今」的對比手法，不僅呈現時間的流逝、母親生命力的消退，更在變化的過程中，流露出親情醇厚，以親情超越時間，既是女兒懷想母親孺慕之情、也是反哺之情，輕柔地爲母親沐浴梳髮。

二、記憶的見證：寄物託情的寫作手法

本文從一把舊梳子開始，梳子上深染著母親獨特的髮香，小心爲年邁母親梳髮時，回憶母親年輕時頭髮長可及地。當時因爲外公不許母親剪髮、結婚後父親也不許母親剪髮，一襲長髮，透露母親是一位「典型的老式賢妻良母」，雖然受過良好的教育，卻將心神放在家事，對於丈夫與子女盡心照料，雖然家裡一直都雇有女傭打雜做粗活，但母親堅持親自上市場選購食物、親手漂洗全家的毛巾手絹、擦亮皮鞋、洗曬球鞋等。作者說自己當時厭惡母親將洗曬的球鞋齊放在陽台的欄杆上，卻忽略了自己腳上乾淨的鞋子是怎麼來的。暗示子女容易視父母的照顧爲理所當然，忽視無私的親情之愛。

文中也回憶母親用士林刀爲子女們削鉛筆，「替我們減輕做功課的負荷」，展現母親的細膩周到。但卻因某次放學較遲，削尖的鉛筆被拿光，因此與母親鬥氣，呈現母親對子女無怨無悔的照顧，即使兒女態度不佳，母親也是極力包容。文中透過母親梳頭髮、洗球鞋、削鉛筆等日常，既回憶母親曾經長髮烏黑的年華，也傾訴母親如何細心照護家庭。

尤其是母親一襲長髮，乘載了多重的意義。首先，頭髮承載了在家從父、出嫁從夫的期許，文中設問「自己的頭髮竟由不得自己作主，這難道是『三從四德』的遺跡嗎？」但女兒顯然又受惠於「老式賢妻良

母」無私的奉獻。再者，母親的長髮同時連繫了女兒最深的親情記憶，「記得小時候最喜歡早晨睜眼時看到母親梳理頭髮」，母親總在早晨梳理頭髮後，才展開一天的生活。從梳理到綰髻、插簪、收拾用具，描述過程細膩詳實，呈現作者過人的觀察力，以及對母親梳髮的深刻印象。除此之外，頭髮當然也是時光流逝的見證，母親髮色、髮量的改變，代表生命力逐漸孱弱。

三、母與女：親子互動的孺慕之情

文末將視野拉回到醫院七樓的場景，全文前後呼應。女兒為母親沐浴、擦澡，就像年幼時母親也曾經慈祥溫柔地為年幼的作者沐浴：「我突然分辨不出親情的方向，彷彿眼前這位衰老的母親是我嬌愛的嬰兒。」母女的腳色對調，年輕時母親替年幼的女兒洗澡，而今成年的女兒為年邁的母親洗澡，反哺報恩的孝順之情，溢於言表。

值得注意的是，文中深刻描寫兩人起先都有些「忸怩不自在」，甚至母親還嘀咕著：「怎麼好意思讓女兒洗澡吶！」——何以母親照顧女兒被視為理所當然？女兒照顧母親卻讓雙方扭捏不安？深刻點出照顧／被照顧雙方，腳色對調時的彆扭。

但親情能跨越彆扭之情，已然成熟的生命能承擔起照顧者的責任，文章結尾在母親舒服地睡著，女兒說：「噓，輕一點。我輕輕柔柔地替她梳理頭髮，依照幼時記憶中的那一套過程。不要驚動她，不要驚動她，好讓她就這樣坐著，舒舒服服地打一個盹兒吧。」呈現子女希望母親有一個安心的好眠，勾勒出一幅母慈女孝的溫馨場景。

本文風格淺近生動，自然樸實。文中也呈現作者為人女、為人母的細膩與敏感。作家琦君對於這篇文章曾有以下評論：「偉大的母愛，慈烏反哺的情愫，使她的文章進入最聖潔的境界。我癡癡呆呆地讀了一遍再一遍，已不自知涕泗之何從了。」透過這篇文章，希望能夠體會父母對子女無私的付出與奉獻，以及親情雙向的交流。

（撰稿教師：梁雅英）

經典閱讀二

黃夢升墓誌銘并序 歐陽脩

予友黃君夢升，其先婺州金華人，後徙洪州之分寧。其曾祖諱元吉，祖諱某，父諱中雅，皆不仕。黃氏世爲江南大族，自其祖父以來，樂以家貲賑鄉里，多聚書以招四方之士。夢升兄弟皆好學，尤以文章意氣自豪。

予少家隨州，夢升從其兄茂宗官於隨。予爲童子立諸兄側，夢升年十七八，眉目明秀，善飲酒談笑。予雖幼，心已獨奇夢升。後七年，予與夢升皆舉進士於京師。夢升得丙科，初任興國軍永興主簿，怏怏不得志，以疾去。久之，復調江陵府公安主簿。時予謫夷陵令，遇之於江陵。夢升顏色憔悴，初不可識，久而握手噓嚱，相飲以酒，夜醉起舞，歌呼大噱。予益悲夢升志雖衰，而少時意氣尚在也。後二年，予徙乾德令，夢升復調南陽主簿，又遇人於鄧間。常問其平生所爲文章幾何，夢升慨然嘆曰：「吾已諱之矣。窮達有命，非世之人不知我，我羞道於世人也。」求之，不肯出，遂飲之酒，復大醉，起舞歌呼，因笑曰：「子知我者。」乃肯出其文。讀之，博辨雄偉，其意氣奔放，猶不可御。予又益悲夢升志雖困，而獨其文章未衰也。是時謝希深出守鄧州，尤喜稱道天下士。予因手書夢升文一通，欲以示希深，未及而希深卒，予亦去鄧。後之守鄧者皆俗吏，不復知夢升。夢升素剛，不苟合，負其所有，常怏怏無所施，卒以不得志，死於南陽。

夢升諱注，以寶元二年四月二十五日卒，享年四十有二。其平生所爲文，曰《破碎集》、《公安集》、《南陽集》，凡三十卷。娶潘氏，生四男二女。將以慶曆四年某月某日，葬於董坊之先塋。其弟渭泣而來告曰：「吾兄患世之莫吾知，孰可爲其銘？」予素悲夢升者，因爲之銘曰：

予嘗讀夢升之文，至於哭其兄子庠之詞曰：「子之文章，電激雷震，雨雹忽止，闃然滅泯。」未嘗不諷誦嘆息而不已。嗟夫！夢升曾不及庠，不震不驚，鬱塞埋藏。孰與其有，不使其施？吾不知所歸咎，徒為夢升而悲。

選文題解

本文是歐陽脩爲好友黃夢升（A.D.997～A.D.1039）所寫的墓誌銘并序。黃夢升才華洋溢，但生平不得志，歐陽脩爲其作墓誌銘并序，不僅是紀念兩人的情誼，在描寫黃夢升形象與事蹟時，隱含著爲其留名之意。

歐陽脩自小與黃夢升相識，夢升四十二歲過世，歐陽脩作墓誌銘描寫與夢升交遊經過。兩人數載未見，又歷經人事浮沉，卻仍能認定「子知我者」，足見友情交心。

作者簡介

歐陽脩（A.D.1007～A.D.1072），號醉翁、六一居士，曾參與變法，在政治與文化上，皆有傑出成就。期間也曾因政治鬥爭，屢遭貶謫，甚至下獄問罪。歐陽脩之所以能執文壇牛耳，除官階位高、文采拔萃外，就方法論而言，歐陽脩平易近人、簡單樸實的寫作風格，爲士人鋪設一條言簡而明，信而通的依循路徑，因此能樹立新貌。

除此之外，眾多追隨者效習亦爲關鍵因素。歐陽脩積極栽培後進，努力提拔新人，舉凡眾所周知之三蘇、曾鞏、王安石，皆受其提拔。歐陽脩愛才惜才，正因其寬大的胸襟，所以能為世所重，追隨者眾，故能引領趨勢。

閱讀指引

本文為歐陽脩為好友黃夢升所寫的墓誌銘，既寫黃夢升其人，亦寫之間的友情。透過「人物形象」與「情感層面」兩個方向，點明兩人相知，所以能相惜，從而感慨生命的窮通，以友情見證彼此生命的起伏。

一、人物形象的勾勒

本篇行文獨特，將黃夢升之獨、特形象，透過見面場景，描述黃夢升性格之獨，不與世同；才華之特，超出於世。然而黃夢升終身不得志，歐陽脩作為相知的好友，既為之悲，也感慨士何以不遇。

首段由黃夢升的家世說起，乃江南大族之後，不僅樂善好施，同時重視教育，「夢升兄弟皆好學，尤以文章意氣自豪」初見已獨奇之。

家世與學識俱佳，又有進士功名，原以為是一帆風順的人生，黃夢升卻步步走跌。文中快速跳接到七年後第一次相遇，黃夢升怏怏不得志，稱疾去職。兩人第二次再遇時，滄桑變化，已顏色憔悴，初不可識之地步，所幸少時意氣尚在。直至第三次相遇，黃夢升甚至步入「我羞道於世人」的境地，自我限縮，只能藉文章宣洩，展示相知的友情。

從初見黃夢升的「獨奇」之感，後續對黃夢升的描述卻是「益悲」、「又益悲」、「予素悲」、「徒為夢升而悲」。何以意興風發的才學少年，卻終生不得志？有性格的堅持，也有命運的無奈。歐陽脩作為少年相識相知的友人，惜其才、薦其才、也嘆其才。

歐陽脩撰寫本文的原因，正在於黃夢升「患世之莫吾知，孰可為其銘？」因此，本文自然隱藏著黃夢升希望知我者為我留名於世的企盼。《史記》說：「一死一生，乃知交情。一貧一富，乃知交態。一貴一賤，交情乃見。」正因與歐陽脩相知，所以黃夢升以命、以名相託。

二、靈動的書寫筆法

本文的行文多變，善用虛字、句法靈活，結構緊密相應，化說理爲抒情，皆可見行文的多樣性。

例如虛字使用造成委婉效果，讓文章有氣、有韻；通篇「而」字，語氣和緩，處處生情。除此之外，重視文字的音樂性，在字數、韻腳的彈性變化間，搭配情感的起伏，例如寫幼時見夢升，「眉目明秀，善飲酒談笑」；再見夢升，「顏色憔悴，初不可識……握手嘘嚱，相飲以酒，夜醉起舞，歌呼大噱」；讀其文，「博辨雄偉，其意氣奔放，猶不可御」；哭其兄子庠之詞，「電激雷震，雨雹忽止，闃然滅泯」，以明快句式的節奏，搭配情緒變化。時而和緩、時而急促，情聲意動。

在結構的安排上，本文俐落簡要，先敘其身世，繼而寫兩人交遊，最終寫「因爲之銘曰」。尤其寫人世風波後的相遇，「遇之於江陵」、「又遇人於鄧間」並不談何以夢升顏色憔悴的故事，而快速勾勒黃夢升的言行，直攝精神。

本文同時將議論做抒情化處理，「孰與其有，不使其施？」爲什麼一個人會身負才華卻無處發揮？直指命運的窮通。然而面對這麼深刻的提問，歐陽脩透過抒情化的方式，將「爲什麼」暗地裡轉化爲「如何面對」。因此先提黃夢升慨然嘆曰：「吾已諱之矣。窮達有命，非世之人不知我，我羞道於世人也。」最終歐陽脩說「吾不知所歸咎，徒爲夢升而悲。」一者羞、一者悲，眞情提問，兩人共同回答命運的考驗。

三、以友情見證彼此的生命

本篇雖爲墓誌銘，但全文的重點在於歐陽脩、黃夢升兩人的友誼，正因相知，所以相惜，黃夢升的好，歐陽脩知道，由此側寫黃夢升的生平。

本文快速勾勒兩人二十年間的人生變化，孩童之時立諸兄側，見黃夢升獨特不凡。筆鋒一轉，再見時，幼時談笑形象轉而怏怏不樂，黃夢升稱病辭官。數年後又見，顏色憔悴，初不可識。朋友的得意、落魄與不得志，歐陽脩不僅看在眼裡，更深層地放在心底。

黃夢升怏怏不得志，歐陽脩同樣也幾經風波，在人事變化下已經到了「初不可識」的地步，但友情卻跨越了生命的際遇。特別是江陵相遇飲酒的夜晚，或舞或歌間，推許爲「知我者」。歐陽脩亦不負此情，試圖薦舉好友，無奈命運多舛。

黃夢升「常怏怏無所施，卒以不得志」，才華罕爲世知。歐陽脩作爲少數的知者，歐陽脩既寫其性格「夢升素剛，不苟合，負其所有」，也述其博辨雄偉，意氣奔放。直到最終，歐陽脩拋出深刻的提問：生命的窮通該歸咎於誰？「吾不知所歸咎」，對命運無可奈何，徒爲夢升而悲，只能以友情見證彼此。

（撰稿教師：隋利儀）

經典閱讀三

水紋　敻虹

我忽然想起你
但不是劫後的你，萬花盡落的你

爲什麼人潮，如果有方向
都是朝著分散的方向
爲什麼萬燈謝盡，流光流不來你

稚傻的初日，如一株小草

而後綠綠的草原，移轉爲荒原
草木皆焚：你用萬把剎那的
情火

也許我只該用玻璃雕你
不該用深湛的凝想
也許你早該告訴我
無論何處，無殿堂，也無神像

忽然想起你，但不是此刻的你
已不星華燦發，已不錦繡
不在最美的夢中，最夢的美中

忽然想起
但傷感是微微的了，
如遠去的船
船邊的水紋……

選文題解

本篇選自敻虹《敻虹詩集》，是作者的少年情詩。本詩可貴之處，在於純粹的情感，沒有經濟的考量、愛慾的雜染，呈現眞誠與純淨的特質。詩中主角堅定而委婉，以平靜的口吻傳達創痛，能以一種對生命經驗全然包容的姿態，加以昇華，將對愛情的追求，轉化爲生命的成長。

作者簡介

敻虹（A.D.1940～），本名胡梅子，臺灣臺東縣人，瘂弦、余光中皆稱其爲「繆思最鍾愛的女兒」，就讀臺東女中期間即大量創作，極其早慧。前期作品以抒情爲重，學者鄭慧如指出其「意象顯現追尋與仰望的過程，彰顯抒情聲音的內在生命美感」。後期的詩作則轉向佛法的讚頌，敻虹表示「我自小信佛，這些年曾用功於經論的研讀」將信仰融入創作，開創出另一番風光。

閱讀指引

敻虹被稱爲「繆思最鍾愛的女兒」，詩作帶有強大的抒情特質，尤其前期的情詩，既勇敢表達出對愛情的追求，又顯現出委婉纖細的情感特質。決絕的態度、委婉的情調，在剛柔之間形塑出個人風格，允爲一時代拔尖的高音。

一、以平靜的口吻傳達創痛

本詩以回憶爲切入點，描寫情感的創痛，形容自己彷被情火燒傷，原該鬱鬱蔥蔥的生命力，「移轉爲荒原／草木皆焚」。

然而再進一步審視，會發現本詩刻意淡化細節、避免過多的呼告，試圖以形象的比喻、情感的反思，形成平靜的口吻，藉以傳達內在的創痛。

首先就形象的比喻來說，本篇最醒目之處，便是中段以「情火」爲喻，以及末段以「水紋」爲喻。暗示在情感的創痛中，生命彷彿遭受火焚的痛楚；然而在事過境遷之後，曾經的驚濤駭浪，最終成爲「船邊的水紋」。從燎原大火的形象，轉接到船邊的水紋，既保有水火衝突的張力，又銜接得自然而然，是本詩的巧妙之處。

其次從情感的反思來看，本詩是從回顧的角度，描述兩人的情感。

再細思回顧的方式，其實避開了兩人結緣、衝突、離散的過程與事件，反而試著歸納出原理、提出反思。例如「爲什麼人潮，如果有方向／都是朝著分散的方向」從人世間因緣聚散的大原則，淡化個案的情傷。又或者「我只該……／不該……／也許你早該……」在這樣的句法中，沒有挖苦、沒有指責，而是從事過境遷的角度提出反思。

由此可見，透過形象的比喻、情感的反思，全詩刻意淡化兩人相處的細節，包括形象與事件，全都略而弗述，嘗試撫平「草木皆焚」的情傷，以輕馭重，將深沉的創痛淡化成船邊的水紋。

二、最好的你，在最美的夢裡

在敻虹的情詩中，伊人的形象始終模模糊糊，雖然追尋、追憶的態度堅決，但對象的身影卻難以蠡測。

以本篇爲例，破題便稱「我忽然想起你／但不是劫後的你，萬花盡落的你」，換句話說，想起的，是情火大劫前的你、繁花盛綻的你——但綜觀全篇，繁花盛綻的你究竟如何，始終無從探知。

因此，詩作眞正表達的是：事過境遷，我對你的感受。

從詩作來看，〈水紋〉並不直接描寫美好的愛情經驗，而是從事過境遷的角度，以剔透的玻璃、崇高的殿堂、聖靈的神像，比擬你／我們的感情，最後歸諸於最美的夢。

可惜玻璃易碎，好夢易醒。忽然想起你，但你已不在最美的夢中，其實更加反襯出：你曾經在我最美的夢裡，我們曾經美好得像一場夢。

然則需要特別強調的是，詩作並非耽溺在追憶當中，其眞正深刻之處，乃是在情火之後，能面對逝去，「如遠去的船」，固然傷感，但是生命的動能如船一般，緩緩地奮力前行。

三、溫柔敦厚詩教也

稱情感對象爲「另一半」的說法，源於希臘故事，意指自身與伴侶高度契合，從身、心，進而達到靈性的共鳴，雙方不僅彼此整合，更重要的是，透過生命的完整，也讓生命拔升到另一個高度。在這個層面上來看，愛情是對特定對象的敞開，達到生命的融合與擴展。

正因爲在愛的契合中，敞開個體，達到生命經驗的提升，一旦失落了伴侶，也等同於部分自我的喪失、生命經驗的空缺。換句話說，失去的，不僅僅是另一個人，而是一半的自己，彼此身、心的遠離當然會帶來靈性的挫敗。

這種直通靈魂深處的創痛，敻虹在〈水紋〉中，以燎原的情火爲喻。值得注意的是，即便在大劫的火後，主角沒有怨懟，也沒有事件的爬梳，當然更沒有孰是孰非的追究，所有的事件情節，被化約成一種感受，銘記於心又不願多說，一切風波最後淡如船邊的水紋，當眞是溫柔敦厚詩教也。

類似的態度也表現在敻虹的另一首詩〈記得〉：「倘或一無消息／如沉船後靜靜的／海面，其實也是／靜靜的記得」以沉船爲喻，在記憶中獨自化消包容、自我療癒，最後提煉爲事過境遷的接受。詩人在〈詩末〉則更加直白的說「愛是血寫的詩」，最後從創痛中昇華，以一種面對生命經驗全然包容的態度，全然接納，正如〈詩末〉所言：

因爲必然
因爲命運是絕對的跋扈
因爲在愛中
刀痕和吻痕一樣
你都得原諒

（撰稿教師：徐培晃）

多元思考

1. 家庭教育對於人的一生有著深遠的影響，請問你的家庭帶給你什麼樣的價值觀？對你性格的塑造，以及對未來立身處世、待人接物，造成什麼樣的影響？

2. 孔子說益者三友、損者三友。現今我們在媒體上也會看到，當兒女犯錯，父母親會說是被朋友帶壞。請問，你覺得什麼樣的人格特質算是好朋友、壞朋友？

3. 在愛情中，平等互惠、犧牲奉獻，兩者都各有其理，請問你較傾向何者？如果另一半的觀點與你相悖，雙方該如何協調？

延伸閱讀

〔宋〕蘇軾：〈王定國詩集序〉，《蘇東坡全集》（臺北：世界書局，1996）

林文月：〈說童年〉，《中外文學》（第6卷第3期，1977年8月，頁88-95）

林文月：《遙遠》（臺北：洪範書店，1981）

敻虹：〈詩末〉，《敻虹詩集》（臺北：大地出版社，1986）

敻虹：〈記得〉，《紅珊瑚》（臺北：大地出版社，1988）

請沿虛線剪下

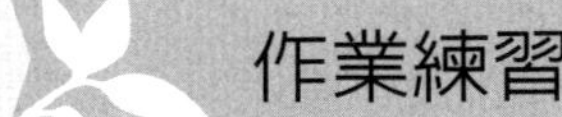

作業練習

1. 生命必須面臨各種道別，包括愛情、朋友、職場等等，如何面對道別的傷痛、迎向未來，這也是生命的學問。請以書信體，寫作一篇道別信（對象自訂），並表達自身的成長。約800字。
2. 人物形象描寫：配合應用場景，如結婚典禮致詞的介紹、得獎感謝、告別式講稿、介紹○○形象等，作業以文字練習為主，可搭配上臺簡報。

請沿虛線剪下

上卷　生命的思索

第四單元

價值的堅持與辯證

洪英雪、徐培晃

單元理念

我們既是獨立的存在，同時又是社會的一分子，在各種網絡中占有一個位置。因此，當個體的價值判斷與他者衝突，是何其艱難的挑戰，因為這會動搖自身存在的位置。堅持或包容？生命走在叉路口。

我們需要堅持自我的勇氣。但是如果舉世與我相違，我又該何去何從？伯夷、叔齊付出生命的代價，堅持理念；司馬遷進一步將問題提升到善惡與回報的天道層次，赫然顯見：堅持理想是何其可貴的情操。

我們也需要包容他者的雅量。胡適以自由主義者自許，身處肅殺的年代寫下意味深長的〈容忍與自由〉，強調容忍是自由的基礎。容忍異己又是何其可貴的修養。

經典閱讀一

伯夷列傳

司馬遷

夫學者載籍極博，猶考信於六藝，《詩》《書》雖缺，然虞夏之文可知也。堯將遜位，讓於虞舜。舜禹之閒，岳牧咸薦，乃試之於位，典職數十年，功用既興，然後授政。示天下重器，王者大統，傳天下若斯之難也。而說者曰：「堯讓天下於許由，許由不受，恥之逃隱。及夏之時，有卞隨、務光者。」此何以稱焉？太史公曰：「余登箕山，其上蓋有許由冢云。孔子序列古之仁聖賢人，如吳太伯、伯夷之倫詳矣。余以所聞，由、光義至高，其文辭不少槩見，何哉？」

孔子曰：「伯夷、叔齊不念舊惡，怨是用希。」「求仁得仁，又何怨乎？」余悲伯夷之意，睹軼詩可異焉。其傳曰：

> 伯夷、叔齊，孤竹君之二子也。父欲立叔齊，及父卒，叔齊讓伯夷。伯夷曰：「父命也。」遂逃去。叔齊亦不肯立而逃之。國人立其中子。於是伯夷、叔齊聞西伯昌善養老，盍往歸焉。及至，西伯卒。武王載木主，號為文王，東伐紂。伯夷、叔齊叩馬而諫曰：「父死不葬，爰及干戈，可謂孝乎？以臣弒君，可謂仁乎？」左右欲兵之，太公曰：「此義人也。」扶而去之。武王已平殷亂，天下宗周。而伯夷、叔齊恥之，義不食周粟，隱於首陽山，采薇而食之。及餓且死，作歌。其辭曰：「登彼西山兮，采其薇矣。以暴易暴兮，不知其非矣。神農、虞、夏忽焉沒兮，我安適歸矣？于嗟徂兮，命之衰矣！」遂餓死於首陽山。

由此觀之，怨邪？非邪？

或曰：「天道無親，常與善人。」若伯夷、叔齊，可謂善人者，非邪？積仁絜行如此而餓死！且七十子之徒，仲尼獨薦顏淵爲好學，然回也屢空，糟糠不厭，而卒蚤夭；天之報施善人，其何如哉？盜跖日殺不辜，肝人之肉，暴戾恣睢，聚黨數千人，橫行天下，竟以壽終；是遵何德哉？此其尤大彰明較著者也。若至近世，操行不軌，專犯忌諱，而終身逸樂富厚，累世不絕；或擇地而蹈之，時然後出言，行不由徑，非公正不發憤，而遇禍災者，不可勝數也。余甚惑焉，儻所謂天道，是邪？非邪？

子曰：「道不同，不相爲謀。」亦各從其志也。故曰：「富貴如可求，雖執鞭之士，吾亦爲之；如不可求，從吾所好。」「歲寒，然後知松柏之後凋。」舉世混濁，清士乃見。豈以其重若彼，其輕若此哉？

「君子疾沒世而名不稱焉。」賈子曰：「貪夫徇財，烈士徇名，夸者死權，眾庶馮生。」「同明相照，同類相求，雲從龍，風從虎，聖人作而萬物覩。」伯夷、叔齊雖賢，得夫子而名益彰；顏淵雖篤學，附驥尾而行益顯。巖穴之士，趨舍有時若此，類名堙滅而不稱。悲夫！閭巷之人，欲砥行立名者，非附青雲之士，惡能施於後世哉！

選文題解

〈伯夷列傳〉爲《史記》「列傳」之首。列傳者，「列敘人臣事迹，令可傳於後世。」司馬遷稱頌伯夷、叔齊「重義輕利」、「讓國餓死」，但顯然伯夷、叔齊堅持的理念，異於流俗，當舉世與我相違，個人又該何去何從？司馬遷並提出善惡與回報的大哉問。

本篇的特色在於史家評述多於傳主故事，司馬遷將個人生命的感慨，寄寓於其中，彷彿可見不同時代的生命，同樣都在個人理想與群體現實之間抉擇。固然堅持自我理念，也付出了代價，並在反覆提問天道之際，確認自己的目標。

作者簡介

司馬遷，字子長，生卒年約於漢景帝中元五年至昭帝始元元年（145B.C.～ 86B.C.）。受業於大儒孔安國、董仲舒門下。十歲起誦研《尙書》、《春秋》等經書，二十歲離家訪遊大江南北。其父太史令司馬談曾叮囑司馬遷，務必繼承太史祖職。司馬遷承接父命，並思量孔子以《春秋》「明王道，辨人事，明是非，褒賢善，賤不肖，存亡國，繼絕世」之深意，因而竊比周、孔，以傳承文化、春秋筆伐爲己任，描繪出生命意義的藍圖。

元封三年（108B.C.），司馬遷繼任爲太史令。天漢二年（99 B.C.），李陵出征匈奴，五千步兵不敵匈奴八萬大軍，激戰十餘日終於兵敗投降。武帝聞訊憂怒交加，朝臣同聲韃伐。未有私交的司馬遷挺身而出，婉言李陵功績與品格，言戰局艱難，投降許是權宜之計。司馬遷拳拳忠忱，反而落得「誣上」、「沮貳師」之罪，下獄判死。司馬遷思志業未成，忍痛呑辱，自請宮刑以贖得活命。此後發憤著書，以「究天人之際，通古今之變，成一家之言」爲鵠志，完成《史記》。

《史記》上起黃帝，下至漢武帝當世，共分「書」八卷、「表」十卷、「本紀」十二卷、「世家」三十卷、「列傳」七十卷。《史記》不只爲紀傳體寫史之先驅、通史之祖，亦開創史書體例，影響後世史學深遠。魯迅譽之爲「史家之絕唱，無韻之《離騷》」。

閱讀指引

〈伯夷列傳〉爲「列傳」首篇，不只記敘伯夷、叔齊的事蹟，也承載了司馬遷個人對天道人事的疑惑，展示理想與現實、個體與社會的扞格下，生命的抉擇。

一、藉由伯夷、叔齊故事，提出大哉問

本文脈絡層層遞進。開章點明論學立說應以六經爲依歸，而伯夷、許由、卞隨等人皆具有禪讓賢德，何以典籍載論卻詳略不一、彰隱有別？繼而展開傳主事蹟撰述，指出仁孝皆具的義人，何以不得善終，飢餓至死？進而以伯夷、叔齊遭遇，以及顏淵積仁潔行卻早夭，對比盜跖暴戾恣睢竟得以終壽，質疑「天道無親，常與善人」的律則是否失靈。既然天道報應已不可仰賴，人當如何自處？司馬遷引述孔子「富貴如可求，雖執鞭之士吾亦爲之；如不可求，從吾所好。」以及「歲寒，然後知松柏之後凋」等話語，表明不違背道義、「各從其所志」，即是應對之道。最終，再以「君子疾沒世而名不稱焉」與賈誼的言論，陳述個人的生命目標與價值取向有別，求財、求名、求權或求生，因人而異，各有輕重。

司馬遷〈太史公自序〉載明伯夷、叔齊位居列傳第一的理由：「末世爭利，維彼奔義，讓國餓死，天下稱之，作〈伯夷列傳〉第一。」

「末世爭利」、「維彼奔義」相對比，「社會」與「個體」的價值觀背道而馳，當多數群眾唯利是圖，只有伯夷、叔齊堅持自我理念，朝「義」奔去。可見司馬遷有意以伯夷、叔齊樹立典範，演示以生命堅守道德操守的處世信條。

然而綜觀全文，史家議論竟遠遠多於傳主事蹟，甚至不斷提出質疑。整體可化約爲兩大提問脈絡：一、許由與吳太伯，務光與卞隨同爲聖人賢士，何以史述詳略不一？「巖穴之士」與「閭巷之人」若無聖賢提攜，是否就只能寂寂無名，同塵湮滅於時間長河？二、當天道不彰，正義法則失靈，善人惡報，惡人善終，人當如何自處？

前一個疑問，可看成是司馬遷解釋私自著史的原由：使「閭巷之人，欲砥行立名者」得以留名後世。後一個難題，更是透露司馬遷將自

身的遭遇投射於其中，藉伯夷、叔齊的處境，質疑天道失序，並且思考：當個體與社會產生扞格、實踐理想過程中遭遇現實的斲挫，如何在陷落的生命裡，堅持自我的意志。

二、在理想與現實間，堅持自我理念

伯夷、叔齊餓死首陽山，是現實與理想衝突下的自覺選擇，也是拒絕與社會／權力妥協所付出的代價。首先，二人因王位繼承的問題，面臨了長幼有序、以順爲孝，兩種價值觀的矛盾。其次，在伯夷、叔齊看來，姬發「以暴易暴」、「以臣弒君」、「父死不葬」建立而來的周王朝，立基於不義不仁不孝的基礎之上。面對如此新朝與新君，若與之妥協，便是放棄聖賢規訓，違背自身奉行的道德價值。

於是乎伯夷、叔齊感嘆「神農、虞、夏忽焉沒兮，我安適歸矣？」過去可視爲標竿的理想社會已然消逝，無法認同眼下的不仁新君與不義新朝，若要堅持自我原則，那麼，絕於周朝之天地、離群隱遁，便成爲唯一選項，於是「義不食周粟」，餓死首陽山。

伯夷、叔齊在理想與現實的拉鋸下、個體與社會的對峙中，堅守自我認定的道德價值，不苟且、不妥協。因此孔子讚其「求仁而得仁」、「不降其志，不辱其身」，其讓國高義也成爲聖賢典範。然而，司馬遷卻從伯夷、叔齊的事蹟中，拋出更多疑問，舉顏淵與盜跖善惡無報爲例，再次以義人多舛、惡人壽終而質疑天道。司馬遷如此憤懣的原因，在於自己也曾經歷無辜受累、士節受辱的生命難關。因此，爲伯夷、叔齊抱不平的同時，其實也吐露自己「才懷隋和」卻遭人踐踏、「行如由夷」卻未得天道善報的心聲。

司馬遷藉由伯夷、叔齊的事蹟，屢問天道，思索生命出口，最終做出選擇，吞下腐刑的屈辱，以「從吾所好」勉慰自己無愧於心。並以「舉世混濁，清士乃見」表明汙濁世間反倒更能映襯出個體的清白。最終，透過「君子疾沒世而名不稱焉」、「同明相照，同類相求」的聖賢臧否中找到救贖，以著史留名完成自我的追尋。

馬斯洛（Abraham Harold Maslow，A.D.1908～A.D.1970）提出人有生存、安全、社會、尊嚴、自我實現等不同層次的需求，追求的層次影響著人生的路徑。當個體與社會產生矛盾、理想與生存無法兩全之時，如何選擇，端看個人對生命意義的判定。萬種選擇開展成萬種生命故事。就伯夷、叔齊而言，個人的道德品格不容絲毫汙損，不因大環境而下修調降，寧可自我斲逝，絕不隨之沉淪。

整體而言，懷抱文化使命的司馬遷，藉〈伯夷列傳〉展示個體與社會的衝突、堅持個人理念的代價，最終透過對「報」的提問，深度反思自我完成的意義。

（撰稿教師：洪英雪）

經典閱讀二

容忍與自由　胡適

十七、八年前，我最後一次會見我的母校康乃爾大學的史學大師布爾先生（George Lincoln Burr）時，我們談到英國史學大師阿克頓（Lord Acton）一生準備要著作一部「自由之史」，沒有寫成他就死了。布爾先生那天談話很多，有一句話我至今沒有忘記。他說：「我年紀越大，越感覺到容忍（tolerance）比自由更重要。」

布爾先生死了十多年了，他這句話我越想越覺得是一句不可磨滅的格言。我自己也有「年紀越大，越覺得容忍比自由還更重要」的感想。有時我竟覺得容忍是一切自由的根本，沒有容忍，就沒有自由。

我十七歲的時候（一九〇八）曾在《競業旬報》上發表幾條「無鬼叢話」，其中有一條是痛罵小說《西遊記》和《封神榜》

的，我說：

> 王制有之：「假於鬼神時日卜筮以疑眾，殺。」吾獨怪夫數千年來之掌治權者，之以濟世明道自期者，乃懵然不之注意，惑世誣民之學說得以大行，遂舉我神州民族投諸極黑暗之世界！……

這是一個小孩子很不容忍的「衛道」態度。我在那時候已是一個無鬼論者、無神論者，所以發出那種摧除迷信的狂論，要實行〈王制〉（《禮記》的一篇）的「假於鬼神時日卜筮以疑眾，殺」的一條經典！

我在那時候當然沒有夢想到說這話的小孩子在十五年後（一九二三）會很熱心的給《西遊記》作兩萬字的考證！我在那時候當然更沒有想到那個小孩子在二、三十年後還時時留心搜求可以考證《封神榜》作者的材料！我在那時候也完全沒有想想王制那句話的歷史意義。那一段〈王制〉的全文是這樣的：

> 析言破律，亂名改作，執左道以亂政，殺。作淫聲異服奇技奇器以疑眾，殺。行偽而堅，言偽而辯，學非而博，順非而澤以疑眾，殺。假於鬼神時日卜筮以疑眾，殺。此四誅者，不以聽。

我在五十年前，完全沒有懂得這一段說的「四誅」正是中國專制政體之下禁止新思想、新學術、新信仰、新藝術的經典根據。我在那時候抱著「破除迷信」的熱心，所以擁護那「四誅」之中的第四誅：「假於鬼神時日卜筮以疑眾，殺。」我當時完全沒想到第四誅的「假於鬼神……以疑眾」和第一誅的「執左道以亂政」這兩條罪名都可以用來摧殘宗教信仰的自由。我當時也完全沒有注意到鄭玄註裡用了公輸般作「奇技異器」的例子；更沒有注意到孔穎達正義裡舉了「孔子爲魯司寇七日而誅少正卯」的例子來解釋「行僞而堅，言僞而辯，學非而博，順非而澤以疑眾，殺」。故第二誅可以用來禁絕藝術創作的自由，也可以用來「殺」許多發明「奇技異器」的科學家。故第三誅可以用來摧殘思想的自由、言論的自由、著作出版的自由。

我在五十年前引用〈王制〉第四誅，要「殺」《西遊記》、《封神榜》的作者；那時候我當然沒有想到：十年之後我在北京大學教書時就有一些同樣「衛道」的正人君子也想引用〈王制〉的第三誅來「殺」我和我的朋友們。當年我要「殺」人，後來人要「殺」我，動機是一樣的：都只因爲動了一點正義的火氣，就都失掉容忍的度量了。

我自己敘述五十年前主張「假於鬼神時日卜筮以疑眾，殺」的故事，爲的是要說明我年紀越大，越覺得「容忍」比「自由」還更重要。

我到今天還是一個無神論者，我不信有一個有意志的神，我也不信靈魂不朽的說法。但我的無神論和共產黨的無神論有一點最根本的不同：我能夠容忍一切信仰有神的宗教，也能夠容忍一切誠心信仰宗教的人。共產黨自己主張無神論，就要消滅一切有神的信仰，要禁絕一切信仰有神的宗教——這就是我五十年前幼稚而又狂妄的不容忍的態度了。

我自己總覺得，這個國家、這個社會、這個世界，絕大多數人是信神的，居然能有這雅量，能容忍我的無神論，能容忍我這個不信神也不信靈魂不滅的人，能容忍我在國內、國外自由發表我的無神論思想，從沒有人因此用石頭擲我，把我關在監獄裡，或把我捆在柴堆上用火燒死。我在這個世界裡居然享受了四十多年的容忍與自由。我覺得這個國家、這個社會、這個世界對我的容忍度量是可愛的，是可以感激的。

所以我自己總覺得我應該用容忍的態度來報答社會對我的容忍。所以我自己不信神，但我能誠心的諒解一切信神的人，也能誠心的容忍並且敬重一切信仰有神的宗教。

我要用容忍的態度來報答社會對我的容忍，因爲我年紀越大，我越覺得容忍的重要意義。若社會沒有這點容忍的氣度，我決不能享受四十多年大膽懷疑的自由，公開主張無神論的自由了。

在宗教自由史上、在思想自由史上、在政治自由史上，我們都可以看見容忍的態度是最難得、最稀有的態度。人類的習慣總是喜同而惡異的，總不喜歡和自己不同的信仰、思想、行爲，這就是不容忍的根源。不容忍只是不能容忍和我自己不同的新思想和新信仰。一個宗教團體總相信自己的宗教信仰是對的，是不會錯的，所以它總相信那些和自己不同的宗教信仰必定是錯的，必定是異端、邪教。一個政治團體總相信自己的政治主張是對的、是不會錯的，所以它總相信那些和自己不同的政治見解必定是錯的、必定是敵人。

一切對異端的迫害，一切對「異己」的摧殘，一切宗教自由的禁止，一切思想言論的被壓迫，都由於這一點深信自己是不會錯的心理。因爲深信自己是不會錯的，所以不能容忍任何和自己不同的思想信仰。

試看歐洲的宗教革新運動的歷史。馬丁・路德（Martin Luther）和約翰・喀爾文（John Calvin）等人起來革新宗教，本來是因爲他們不滿意於羅馬舊教的種種不容忍、種種不自由。但是新教在中歐、北歐勝利之後，新教的領袖們又都漸漸走上了不容忍的路上去，也不容許別人批評他們的新教條了。喀爾文在日內瓦掌握了宗教大權，居然會把一個敢獨立思想、敢批評喀爾文教條的學者塞維圖斯（Servertus）定了「異端邪說」的罪名，把他用鐵鍊鎖在木樁上，堆起柴來，慢慢的活燒死。這是一五五三年十月二十三日的事。

這個殉道者塞維圖斯的慘史，最值得人們的追念和反省。宗教革新運動原來的目標是要爭取「基督教的人的自由」和「良心的自由」。何以喀爾文和他的信徒們居然會把一位獨立思想的新教徒用慢慢的火燒死呢？何以喀爾文的門徒（後來繼任喀爾文爲日內瓦的宗教獨裁者）柏時（de Bèze）竟會宣言「良心的自由是魔鬼的教條」呢？

基本的原因還是那一點深信我自己是「不會錯的」的心理。像喀爾文那樣虔誠的宗教改革家，他自己深信他的良心確是代表上帝的命令，他的口和他的筆確是代表上帝的意志，那麼他的意見還會錯嗎？他還有錯誤的可能嗎？在塞維圖斯被燒死之後，喀爾文曾受到不少人的批評。一五五四年，喀爾文發表一篇文字爲他自己辯護，他毫不遲疑的說，「嚴厲懲治邪說者的權威是無可疑的，因爲這就是上帝自己說話。……這工作是爲上帝的光榮戰鬥。」

上帝自己說話，還會錯嗎？爲上帝的光榮作戰，還會錯嗎？這一點「我不會錯」的心理，就是一切不容忍的根苗。深信我自己的信念沒有錯誤的可能（infallible），我的意見就是「正義」，反對我的人當然都是「邪說」了。我的意見代表上帝的意旨，反對我的意見當然都是「魔鬼的教條」了。

這是宗教自由史給我們的教訓：容忍是一切自由的根本；沒有容忍「異己」的雅量，就不會承認「異己」的宗教信仰可以享受自由。但因爲不容忍的態度是基於「我的信念不會錯」的心理習慣，所以容忍「異己」是最難得，最不容易養成的雅量。

在政治思想上，在社會問題的討論上，我們同樣的感覺到不容忍是常見的，而容忍總是很稀有的。我試舉一個死了的老朋友的故事作例子。四十多年前，我們在《新青年》雜誌上開始提倡白話文學的運動，我曾從美國寄信給陳獨秀，我說：

> 此事之是非，非一朝一夕所能定，亦非一二人所能定。甚願國中人士能平心靜氣與吾輩同力研究此問題。討論既熟，是非自明。吾輩已張革命之旗，雖不容退縮，然亦決不敢以吾輩所主張為必是而不容他人之匡正也。

獨秀在《新青年》上答我道：

> 鄙意容納異議，自由討論，固為學術發達之原則，獨於改良中國文學當以白話為正宗之說，其是非甚明，必不容反對者有討論之餘地；必以吾輩所主張者為絕對之是，而不容他人之匡正也。……

我當時看了就覺得這是很武斷的態度。現在在四十多年之後，我還忘不了獨秀這一句話，我還覺得這種「必以吾輩所主張者爲絕對之是」的態度是很不容忍的態度，是最容易引起別人的惡感，是最容易引起反對的。

我曾説過，我應該用容忍的態度來報答社會對我的容忍。我現在常常想，我們還得戒律自己：我們若想別人容忍諒解我們的見解，我們必須先養成能夠容忍諒解別人見解的度量。至少至少我們應該戒約自己決不可「以吾輩所主張者爲絕對之是」。我們受過實驗主義訓練的人，本來就不承認有「絕對之是」，更不可以「以吾輩所主張者爲絕對之是」。

四八・三・十二晨

選文題解

本篇乃胡適為《自由中國》雜誌1959年創刊十週年所作。胡適一向倡導自由主義，並鼓吹民主與科學，然而在本篇中，首先強調「容忍比自由更重要」，反省自己少年時肅殺決絕的姿態，感謝社會的包容；進而闡述「容忍是一切自由的根本」，容忍批評，才能保有自由。

文章合為時而著，衡諸《自由中國》雜誌的處境，胡適當時談容忍，饒富深意。然而在事過境遷之後觀之，本篇立論深刻、推論縝密，從人性面提出「容忍『異己』是最難得，最不容易養成的雅量」於今觀之，依然發人深省。

作者簡介

胡適（A.D.1891～A.D.1962），原名嗣糜，字適之，曾任北京大學校長、中央研究院院長、駐美大使等職。

胡適於四歲時失怙，母親在大家庭中辛苦撫養胡適，胡適在《四十自述》中，生動描寫母親與兄嫂間的齟齬與吞忍。在母親的安排下，胡適十三歲時便訂婚，十九歲時公費入康乃爾大學農學院，之後入哥倫比亞大學研究哲學，從師杜威。1917年任教北京大學，積極參加新文化運動，同時也奉母命成婚，由此顯見胡適兼具現代與傳統的複雜面向。

「大膽的假設，小心的求證」是胡適一生奉為圭臬的治學方法。胡適處在新舊時代的交接處，聲名鵲起，又歷經政治風雲的推崇與仇視。然則其致力鼓吹新文化，引領風潮，又能盤點古文明的珍貴遺產，心胸眼界誠屬一流人物，並從文學、文化面，推動現代化，影響深遠。

閱讀指引

1949年《自由中國》半月刊創刊，掛名發行人胡適、社長雷震、主編毛子水。胡適〈《自由中國》的宗旨〉揭櫫發刊的首要目標：「我們要向全國國民宣傳自由與民主的眞實價值，並且要督促政府（各級的政府），切實改革政治經濟，努力建立自由民主的社會。」

然而在十年之後，胡適對「自由」的反思更加深入，於是在〈容忍與自由〉一文中強調：「我年紀越大，越感覺到容忍比自由更重要。」

〈容忍與自由〉論證充分、結構完整，是一篇條理清晰的議論文。在論題上，將容忍、自由兩者並列，雙主題呈現；然而在文章破題，便以學者及本身的經驗提出「年紀越大，越覺得容忍比自由還更重要」，形成主從比較；隨後又再進一步深化論述，闡釋「容忍是一切自由的根本」，深度整合雙主題，讓全篇的立意層層遞進。

一、感謝社會對自身的容忍

胡適從個人的經驗出發，回顧自身年少時激烈衝撞體制，時過境遷，年歲漸長，終而深感「我覺得這個國家、這個社會、這個世界對我的容忍度量是可愛的，是可以感激的。」

首先反省自己十七歲時，以無神論者自居，一意鼓吹要打破迷信，甚至不惜引用「假於鬼神時日卜筮以疑眾，殺」，痛罵《西遊記》和《封神榜》，少年的意氣昂揚，毫無轉圜的空間。孰料在幾十年後，自己竟然成爲《西遊記》和《封神榜》的研究者。

以自身的昨非今是，彰顯少年時決絕的態度，原來不堪一擊。從而進一步將眼界拉廣，投向身處的社會，省思「絕大多數人是信神的，居然能有這雅量，能容忍我的無神論」。

從比較中也清楚表現出差異：少年的我，揚言要殺那些迷信者；但那些信神者，「從沒有人因此用石頭擲我，把我關在監獄裡，或把我捆在柴堆上用火燒死」。因此胡適語重心長的表示：這個世界對我的容忍度量是可愛的，是可以感激的。

二、容忍是一切自由的根本

在新舊時代交替之際，破除迷信的口號喊得震天嘎響，胡適自言，少年的自己在大聲喊殺之際，「完全沒有懂得這一段說的『四誅』正是中國專制政體之下禁止新思想、新學術、新信仰、新藝術的經典根據」。

胡適逐一解釋「四誅」之說的弊端：「析言破律，亂名改作，執左道以亂政，殺」、「假於鬼神時日卜筮以疑眾，殺」，這兩者適足以摧殘宗教信仰的自由；「作淫聲異服奇技奇器以疑眾，殺」適足以禁絕藝術創作、科技創新的自由；「行僞而堅，言僞而辯，學非而博，順非而澤以疑眾，殺」則能夠摧殘思想的自由、言論的自由、著作出版的自由。

正是在這個層次上，本篇的論點進一步深化——沒有容忍，就沒有自由。從「容忍比自由還更重要」，提升爲「容忍是一切自由的根本」。強調世人認同創新的價值，就必須先提供自由的環境，而自由的環境首先必須容忍各種異議的衝撞。

三、容忍異己是最難得的雅量

相應於「四誅」之說，胡適援引歐洲宗教改革的史實，強化論述。馬丁·路德和約翰·喀爾文等人革新宗教的目的，就是不滿羅馬教廷的種種威權，要爭取「基督教的人的自由」和「良心的自由」。但取得成就後，卻採用羅馬教廷的模式，指責他人爲異端邪說，施以酷刑，並宣稱「這工作是爲上帝的光榮戰鬥」。

何以受迫害的異議者，轉身反倒成爲壓迫者？胡適指出，這是肇因於「深信我自己是『不會錯的』的心理」——像喀爾文那樣虔誠的宗教改革家，深信自己的心代表上帝的命令，自己的口和筆能傳達上帝的意志——將自己推到無上崇高的位置，也就不容質疑的聲音。

因此胡適在文中語重心長地表示：「當年我要『殺』人，後來人要『殺』我，動機是一樣的：都只因爲動了一點正義的火氣，就都失掉容忍的度量了。」以正義為名的攻訐與殺伐，背後往往是不容質疑的權威感作祟，無法容忍、無法容人，最後喪失討論的空間，同時也犧牲了自由。在這個層次上，容忍與自由乃是一體並生，所要對抗者，是「以吾輩所主張者為絕對之是」的決斷心態。

胡適以自由主義者自許，在新舊交替的時代中，對「自由」的審視甚深：當個人的觀點與他人、群眾的觀點相悖，該如何保有雙方的自由？胡適反省自身，也從學術、宗教等層面，深化論述，提出「容忍是一切自由的根本」。如果再考量發表的時代、刊物，更可見其深意。

在一九五〇年代，兩岸軍事對峙嚴峻，島內氣氛肅殺。在嚴密的戒嚴統治下，《自由中國》針砭時事，努力的開啓自由民主的藍天，然而這也刺激統治者的敏感神經。胡適在《自由中國》十週年紀念會上發表〈容忍與自由〉，當然是懷抱「文章合為時而著」的用意。全文以宗教自由為切入點，文末特意回顧自身與陳獨秀的筆仗，更是意味深遠。

則然本篇立論深刻，具備跨時代、跨事件的價值，在數十年後看來，依然發人深省，誠如胡適所言：「容忍『異己』是最難得，最不容易養成的雅量」斯言放諸四海皆準。

（撰稿教師：徐培晃）

多元思考

1. 歷史書寫都逃脫不了史家主觀的人為編排。或者從龐雜的資料中，篩揀入史的人與事；或詮釋事件、賦以意義；或者強調／忽略事件的影響力。
   請以〈伯夷列傳〉為基礎，思考何為歷史的主觀與客觀？書寫者又流露出怎樣的價值觀？
2. 就伯夷、叔齊的觀點，周武王不孝、不仁，不足以為王。試問：即將擁有選舉權的你，最在乎領導者的什麼品格？試論述之。
3. 胡適〈容忍與自由〉以宗教為切入點進行討論。如果改以言論自由爲主軸，尤其在網路盛行的時代，言語霸凌、假消息隨處可見，請問該如何拿捏容忍與自由的界線？

延伸閱讀

〔漢〕司馬遷：〈太史公自序〉，《史記》（臺北：臺灣商務印書館，2010）
胡適：《四十自述》（臺北：遠流出版社，2005）

請沿虛線剪下

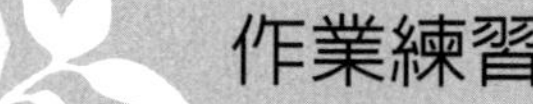

作業練習

1. 請選擇一位人物（古今中外不拘），簡述該人物的事蹟、及其體現的價值，並提出你對該人物及其價值觀的評述。（議論文，約1000字。）
2. 胡適〈容忍與自由〉提到「容忍比自由更重要」，強調包容不同的價值。司馬遷〈伯夷列傳〉則標舉理想的堅持，擇善固執。請以論點相悖的「□□與□□」為題，參考胡適的論述手法，寫作議論文一篇。（議論文，約1000字。）
3. 美國心理學家亞伯拉罕・馬斯洛將人類成長的內在動機，區分成「生理需求」、「安全需求」、「社會需求」或「尊重需求」、「自我實現需求」等層次。

   請以此為基礎，制定自己的目標以及實踐策略，勾勒自己生命追尋的藍圖。

請沿虛線剪下

上卷　生命的思索

第五單元

生命意義的追尋

顏銘俊、陳逸根

單元理念

生命無非是一場破關的旅程。

電玩裡的寶劍、盔甲、滿血的神藥、對戰的怪獸，無非是個體生命力與挑戰的形象化比擬。每個人都是行者，走在漫長的生命路，選擇自己的方向，有命定也有意志，但人人都只有一次的機會，如此公平。

有一類行者，超越開局的優勢或侷限、外來的掌聲或訕笑，在這一場沉浸式的體驗歷程中，用心若鏡，以超越的心靈俯瞰全局，像〈逍遙遊〉裡的大鵬鳥，翺翔天際。

有另一類行者，日復一日埋頭前行，像卡謬〈薛西弗斯的神話〉不斷重複同樣的工作，如此荒謬，彷彿徒勞——真的沒有意義嗎？存在的價值就是不斷地往前走。

經典閱讀一

逍遙遊（節選）

莊子

一、小大之辨

(一)鯤鵬與蜩、學鳩

北冥有魚，其名爲鯤。鯤之大，不知其幾千里也。化而爲鳥，其名爲鵬。鵬之背，不知其幾千里也；怒而飛，其翼若垂天之雲。是鳥也，海運則將徙於南冥。南冥者，天池也。

蜩與學鳩笑之曰：「我決起而飛，搶榆枋，時則不至而控於地而已矣，奚以之九萬里而南爲？」適莽蒼者，三飡而反，腹猶果然；適百里者，宿舂糧；適千里者，三月聚糧。之二蟲又何知！小知不及大知，小年不及大年。奚以知其然也？朝菌不知晦朔，蟪蛄不知春秋，此小年也。楚之南有冥靈者，以五百歲爲春，五百歲爲秋；上古有大椿者，以八千歲爲春，八千歲爲秋，此大年也。而彭祖乃今以久特聞，眾人匹之，不亦悲乎！

(二)鯤鵬與斥鴳

窮髮之北有冥海者，天池也。有魚焉，其廣數千里，未有知其修者，其名爲鯤。有鳥焉，其名爲鵬，背若太山，翼若垂天之雲，摶扶搖羊角而上者九萬里，絕雲氣，負青天，然後圖南，且適南冥也。斥鴳笑之曰：「彼且奚適也？我騰躍而上，不過數仞而下，翱翔蓬蒿之間，此亦飛之至也。而彼且奚適也？」此小大之辯也。

二、有待無待之辨

㈠ 宋榮子、列子

故夫知效一官，行比一鄉，德合一君而徵一國者，其自視也亦若此矣。而宋榮子猶然笑之。且舉世而譽之而不加勸，舉世而非之而不加沮，定乎內外之分，辯乎榮辱之境，斯已矣。彼其於世未數數然也。雖然，猶有未樹也。夫列子御風而行，泠然善也，旬有五日而後反。彼於致福者，未數數然也。此雖免乎行，猶有所待者也。若夫乘天地之正，而御六氣之辯，以遊無窮者，彼且惡乎待哉！故曰，至人無己，神人無功，聖人無名。

三、有用無用之辨

㈠ 大瓠、不龜手之藥

惠子謂莊子曰：「魏王貽我大瓠之種，我樹之成而實五石，以盛水漿，其堅不能自舉也；剖之以爲瓢，則瓠落無所容。非不呺然大也，吾爲其無用而掊之。」莊子曰：「夫子固拙於用大矣。宋人有善爲不龜手之藥者，世世以洴澼絖爲事。客聞之，請買其方以百金。聚族而謀曰：『我世世爲洴澼絖，不過數金；今一朝而鬻技百金，請與之。』客得之，以說吳王。越有難，吳王使之將，冬與越人水戰，大敗越人，裂地而封之。能不龜手，一也；或以封，或不免於洴澼絖，則所用之異也。今子有五石之瓠，何不慮以爲大樽而浮乎江湖，而憂其瓠落無所容？則夫子猶有蓬之心也夫！」

㈡ 樗

惠子謂莊子曰：「吾有大樹，人謂之樗。其大本擁腫而不中繩墨，其小枝卷曲而不中規矩，立之塗，匠者不顧。今子之言，大而無用，眾所同去也。」莊子曰：「子獨不見狸狌乎？卑身而伏，以候敖者；東西跳梁，不辟高下；中於機辟，死於罔罟。今夫斄牛，其大若垂天之雲。此能爲大矣，而不能執鼠。今子有大樹，患其無用，何不樹之於無何有之鄉，廣莫之野，彷徨乎無爲其側，逍遙乎寢臥其下。不夭斤斧，物無害者，無所可用，安所困苦哉！」

選文題解

本篇乃《莊子》首章──〈逍遙遊〉的節選。〈逍遙遊〉被視爲最能體現莊子生命哲學與人生境界的經典。文中通過幾則篇幅短小，但想像力豐富的哲理故事，依序演述了：㈠小大之辨；㈡有待無待之辨，與「至人無己，神人無功，聖人無名」的境界主張；㈢有用無用之辨。總的說來，就是向讀者展示了逍遙無待、自由自在的處世之道。

置身當前物質消費掛帥的時代，人們總是看重能立即變現的實用價值，然而，在營營役役、勞勞碌碌的日常奔忙中，我們究竟能求得些什麼呢？通過莊子揭示「逍遙」、「自得」的生命境界，或許能帶領我們從不同的角度思考：生命，究竟應追求些什麼？

作者簡介

莊子（369 B.C.？～286 B.C.？），名周，宋國蒙邑人，曾任漆園吏，戰國中期的重要思想家，活動時間約與孟子同時。楚威王曾派人延請莊子爲相，但莊子答以：寧願當一隻泥中打滾的烏龜，也不願作爲神龜，徒留一身甲殼在廟堂上被用以占卜，於是拒絕了楚威王的邀請。莊子嚮往自由、自在、自得的人格特質，於此可見。

《莊子》一書是莊子的代表作，體現了莊子在哲理及文學上的貢獻。在哲理創造方面，發揮了「逍遙」、「無待」、「齊物」、「坐忘」等深刻的思想，指引了一種踐履「無執」以實現「自由」、「逍遙」的生命境界。在文學創作方面，展現了無與倫比的想像力，常以「寓言」形式託出深奧且別開生面的哲理辯證，爲後世留下極珍貴的寓言文學遺產；另一方面也保留了許多中國古代神話、傳說，加上書中對「至人」、「神人」、「聖人」、「眞人」等超越性的生命定義與形塑，奠定了後世對「仙」、「神」之精神風貌的浪漫聯想。總體言之，《莊子》在思想、文學、文化等層面，皆建樹卓然，影響深遠。

閱讀指引

本篇從「鯤鵬」與「蜩」、「學鳩」、「斥鴳」等兩類存在的對舉開始，演示了第一個思想主題——「小大之辨」；其後則以宋榮子、列子等幾類人物爲對象，通過人物評述的形式，演示了第二個思想主題——「有待無待之辨」；最後則通過對「大瓠」、「不龜手之藥」與「樗樹」之用處的辯證，演示了第三個思想主題——「有用無用之辨」。

一、小大之辨：理想人格的象徵

莊子先提揭了北冥巨魚——「鯤」——化形爲巨鳥——「鵬」——而後飛徙南冥的故事。在此，「大鵬鳥」的形象即是莊子思想中「至人」、「神人」、「聖人」與「眞人」這類理想人格的隱喻。隨後莊子編排了「蜩」、「學鳩」及「斥鴳」不審自身渺小，反而譏笑大鵬鳥不遠萬里飛徙南冥的井蛙之見，也點出了朝生暮死的菌類、夏生秋死的蟪蛄這樣壽期短少的存在，不可能理解月與年的概念。最後總結批判了蜩、學鳩、朝菌、蟪蛄與斥鴳的生命境界都過於渺小，所以無法理解大鵬鳥，這就是所謂：「小知不及大知，小年不及大年。」

在此，蜩、學鳩、朝菌、蟪蛄、斥鴳的生命情態，都象徵平庸之人的狹隘格局與眼界，至於大鵬鳥的形象與行爲，則象徵了「至人」、「神人」、「聖人」與「眞人」的開闊視野與宏大心胸。我們甚至可以說「大鵬鳥」即是莊子之生命境界的隱喻。

自〈逍遙遊〉問世以來，「大鵬鳥」的形象深植於中國古代知識分子的心中，在後世文人的手裡常被援用、轉化，如詩仙李白就有傳世名篇〈上李邕〉云：「大鵬一日同風起，扶搖直上九萬里。」可見「大鵬鳥」已成爲心胸開闊、境界高遠、志在千里、思想恢弘等特出人格的象徵。

二、有待無待之辨：無待方能逍遙／自由

進入第二個思想主題，莊子首先盛讚了「舉世而譽之而不加勸，舉世而非之而不加沮」的宋榮子，以及「御風而行」的列子，認爲他們兩人比起那些能勝任一個官職、造福一個鄉里、管理一個國家的人們來說，已經是很崇高的境界了。但隨後又立即拋出宋榮子與列子都仍屬於「有待」之人——必須對外有所依恃、憑藉。因此，又再進一步提出能「惡乎待」——也就是「無待」之人，不須對外有所依恃、憑藉，才能稱得上是造臻理想境地的「至人」、「神人」與「聖人」的主張。莊子所說的「至人無己，神人無功，聖人無名」，便是對這類「無待者」之心胸與境界的概括說明。

但什麼樣的人才能眞正做到「無待」呢？莊子的說法是：「乘天地之正，而御六氣之辯，以遊無窮者。」簡言之，就是能隨順萬事萬物的本性，適應各種外在物事的發展、變化，最終與天地自然和諧共融。這類人的生命無所執著、欲求，因此便無須向外倚靠、憑藉任何事物，從而能活得自由、自得、自在。

三、有用無用之辨：無用之用，是為大用

在第三個思想主題裡，莊子先描述了惠子不能理解「大瓠」的用

處，既而以「不龜手之藥」在「未能辨其用者」與「能辨其用者」手上有不同用處與結局，闡述了對世間之人、事、物，能否「辨其用」的重要性，並引導出「有用」、「無用」二者間的價值辯證。最後則以「無用」之樹——「樗」，實有其得以自適且能全身、遠禍的「大用」，揭示了《莊子》一書中「無用之用，是爲大用」的著名哲理。

「無用之用，是爲大用」的主張，概括了莊子乃至整體道家哲學一項重要的思維特徵：敏於辯證、不偏執一端，擅長在世俗既有的慣性見解上，進行「反向思考」。例如：世人習於「執著」，道家則引人洞悉「無執」（不執著）的作用；世人習於標榜「善」、「仁義」、「孝道」、「博愛」云云，道家則點明潛藏的反效果；世人習於外向追逐身外的物質、名聲、成就，道家則引人向內求索、重塑己身心靈、生命的品質。總的來說，就是提供給人們一劑得以警醒自我心靈、澄清自我靈臺的思維良藥，當人們奔忙於一己的志業或欲望，而陷於困頓、墮入迷惘，若能藉由道家思維的提醒，及時調整觀察事物的角度，那麼，困境也許便不再是困境、問題也許便不再是問題。

總結以上，本篇處理了三個思想主題，且並非採取直截的義理陳述，而是透過一則一則篇幅短小、耐人尋味的故事，絲絲牽引、層層遞進，在演繹故事的過程中，或以詰問、感嘆作結，留下餘韻，引導讀者進一步尋思深意；或者直抒觀點，拋出作者的思想判斷，收一錘定音之效。是以通篇不獨哲理深刻，演述思想的方式也深具策略性與文學性，無論將之視爲哲理文獻或文學篇拾，皆是值得品味的經典之作。

（撰稿教師：顏銘俊）

經典閱讀二

薛西弗斯的神話

卡繆

眾神懲罰薛西弗斯，命他不停地推著一塊巨石上山，到了山頂，巨石又因爲自身的重量滾落下來。眾神不無道理地認爲，再也沒有比徒勞無功、沒有希望的勞動更可怕的懲罰了。

根據荷馬（Homère）所言，薛西弗斯是凡人中最有智慧且最謹慎的一個。然而根據另一個傳說，他其實是個專門攔路打劫的強盜。我覺得這兩者並無衝突。關於他爲什麼被打入地獄做這個徒勞無功的差事，說法有很多種。有一說是他冒犯了眾神，洩漏了天機。河神阿索波（Asope）的女兒愛琴納（Egine）被天神朱比特（Jupiter）擄走，阿索波震驚女兒失蹤，便對薛西弗斯訴苦。薛西弗斯知道這樁擄人內情，答應對阿索波全盤托出實情，但要求對方賜水到柯林斯城（Corinthe），作爲交換條件。即使上天雷霆震怒，他還是希望有水的恩賜。他因而被貶入地獄受罰。荷馬史詩中又敘述，薛西弗斯銬住了死神，冥王普魯頓（Pluton）受不了地獄裡蕭條枯寂的景象，派遣戰神去把死神從薛西弗斯手裡解救出來。

另外還有一說，薛西弗斯在臨死之際，草率冒失地想檢測妻子對他的愛。他命令妻子不必殮葬，把他的屍身丟在公共廣場中央就好。薛西弗斯在陰間醒來，對妻子只尊崇命令卻罔顧人性情感的做法非常氣憤，得到冥王的允許，重回陽間來處罰妻子。然而，當他重新見到這世間的面貌，嘗到水與陽光的美好、發燙的石頭與海洋，他再也不想回到那陰冷的地獄。召喚、怒火、警告，對他一點用都沒有。他在海灣邊，在燦爛的海水和大地的微笑之間度過了好幾年。眾神下了逮捕令，冥界引路人墨丘利（Mercure）前來逮捕了這大膽之徒，揪著他，剝奪了他的喜悅，強行將他拉回陰間，在那裡，巨石已準備好。

我們已經了解薛西弗斯是個荒謬人物，既因他的熱情，也因他遭受的折磨。對眾神的蔑視、對死亡的憎恨、對生命的熱情，這一切都讓他遭受到無法形容的酷刑，一生注定反覆著徒勞的動作。這是他對塵世的熱愛所必須付出的代價。神話中並未提及薛西弗斯在地獄的景況，因爲神話就是靠讀者的想像力使其生動。在這則神話裡，我們只看見一個緊繃的身軀傾盡全身力量撐起一塊巨石，推著滾著朝向山頂，一次又一次重新開始；我們看見他扭曲的臉，臉頰緊貼著石頭，肩膀扛著覆滿泥土的巨石，一隻腳撐住，手臂再次挺舉，兩隻充滿人性篤定的手上沾滿泥土。在這無邊無際飄渺的時空裡，在漫長的努力之後，終於到達山頂。薛西弗斯看著巨石頃刻間朝著山下的世界滾落，必須再次從山腳推石上山頂。於是他朝山下走去。

薛西弗斯讓我感興趣的，正是這個回程，這片刻的緩衝時間。長期奮力貼著巨石的臉龐，已變成石頭本身！我看見這個人踏著沉重但規律的步履下山，走向不知何處是盡頭的折磨。這喘口氣的一刻，知道苦難會重新開始的這一刻，就是意識覺醒的一刻。從山頂走下，一步步走向眾神的巢穴時，這當中的每一個時刻，他都超越了命運。他比他的巨石還要堅硬。

這個神話的悲劇性，在於主人翁意識到了自身的遭遇。然而，若是他的每一步都有成功的希望支持著，何來苦難之有？今日，工人一輩子每天八小時幹著同樣的活，並不會比較不荒謬。但是只有在他意識到這荒謬的罕見時刻，才顯出悲劇性。薛西弗斯這眾神世界中的小人物，無力對抗卻又反抗，他清楚明白自己生存的境況是如此悲慘：這正是他走下山時所思考的。這個清醒洞悉折磨著他，卻也同時是他的勝利。只要蔑視命運，就沒有任何命運是不能被克服的。

走下山的這一程，有些時候很痛苦，但有些時候也很喜悅。喜悅這個詞並不誇張。我想像薛西弗斯朝巨石走回去時，一開始感受到的是痛苦。當塵世影像的記憶太過依戀，當幸福的召喚太過強烈，有時他心中會湧上悲傷：此時，巨石戰勝了，心中猶如壓著那個巨石，巨大的哀傷如此沉重，抬不動了。這是我們悲傷的受難夜。但是令人難忍的眞實終究會被知道。就如同伊底帕斯剛開始並不知道自己聽從命運主宰。一旦知道，他的悲劇便開始了。但在此同時，失明又絕望的他，明白唯一將他和這個世界連結的，是一個年輕女孩的青春之手。[1]於是，他說了一句震撼無比的話：「儘管遭受了這麼多苦難與考驗，我的年紀與我崇高的靈魂讓我認爲：一切都很好。」索福克勒斯（Sophocle）筆下的伊底帕斯，如同杜斯妥也夫斯基筆下的基里洛夫，標示出了「荒謬」的勝利。古代的智慧與現代的英雄氣概結合。

一旦發現了荒謬，很難不想嘗試寫出一本追求幸福的手冊。「啊！在荒謬那些狹窄的路……能尋到幸福嗎？」但是世界只有一個，幸福和荒謬是同一塊土地的兩個兒子，二者無法分開。若說幸福必定是從發現荒謬開始，是錯誤的；也有的時候，荒謬的感覺是來自幸福。「我認爲：一切都很好。」伊底帕斯的這句話神聖不可侵犯，迴盪在粗暴且侷限的人類世界中，它告訴我們，一切並沒有、也從來都沒有被耗盡。它把帶來不滿和無謂苦痛的那個神驅逐出這個世界。它把命運變爲一個屬於人的事務，必須靠人自己來解決。

薛西弗斯一切無言的快樂便是在此。他的命運屬於他自

1 伊底帕斯（Oedipe）是底比斯國王，在命運捉弄之下殺了自己父親，娶了自己母親。悔恨之餘，弄瞎了自己眼睛。「年輕女孩的青春之手」是故事結尾時，伊底帕斯的女兒安提岡妮（Antigone）在他萬念俱灰且眼盲之時，牽著他的手，啓程前往雅典。譯註。

己。他的巨石是他的事。同樣的，荒謬之人正視自己的苦痛不安之時，就讓一切神祇都噤聲。在宇宙突然恢復的沉默之中，大地揚起千萬個驚喜的小聲音。每一個無意識的祕密呼喚、每一張臉孔的要求都是勝利推翻神祇之後，必需的逆轉和代價。只要有陽光就會有陰影，也必須認識黑夜。荒謬之人接受這一切，也將不斷努力。倘若個人的命運的確存在，便不存在任何更高的命運，或者說，對於那個唯一的命定（人會死亡），他認爲是無可避免而應該蔑視的。除此之外，他知道自己是生命的主人。人回到自己生命的這個微妙時刻，薛西弗斯返回他的巨石，凝視這一連串莫名其妙不相關的行動成爲他的命運，這命運是由他創造出來的，在他的記憶中串聯起來，也將隨著他的死亡而封緘。他相信所有人性的事物都起源於人性，眼盲的人儘管知道黑夜沒有盡頭，還是想看見，因此他繼續走著，巨石也繼續滾動。

我就把薛西弗斯留在山腳下吧！他的巨石還在那裡。然而薛西弗斯表現出對荒謬的高超忠誠，拒絕任何神祇，扛起了巨石。他也是，他認爲一切都很好。他覺得這再也無主宰的世界，自此再也不貧瘠，再也不會無意義。這塊巨石的每顆細沙粒，夜色中這座山每一塊岩石的光芒，都是一沙一世界。通向山頂的奮鬥本身，就足以充實人心。我們應當想像薛西弗斯是快樂的。

——出自《薛西弗斯的神話》一書，卡繆著，大塊文化出版股份有限公司出版

選文題解

本篇選自卡繆於1942年完成的哲學隨筆集《薛西弗斯的神話》（The Myth of Sisyphus），全書總共四篇，分別是〈荒謬的論證〉、〈荒謬之人〉、〈荒謬的創作〉以及〈薛西弗斯的神話〉。本書的主

旨，在於探討現代化社會的「荒謬感」，指出人們總是渴望理解世界，要求得到解釋，但世界卻是晦澀難解和詭異疏離，在人與世界的對立矛盾之間，便產生荒謬感。

卡繆一方面指出，生命最大的荒謬便是終將歸諸於死亡，一切奮鬥都消失無痕跡、歸諸虛無；另一方面又指出，唯有眞眞切切體認當下的存在，才算是認眞地活過。因此，卡繆賦予〈薛西弗斯的神話〉全新的意義，指出薛西弗斯在全力投入的當下體認存在的自我完成。對於何爲荒謬？何爲意義？卡繆提出深刻的反思。

作者簡介

卡繆（Albert Camus, A.D.1913～A.D.1960），出生於法屬阿爾及利亞蒙多維城的移民家庭，靠著獎學金讀完中學，其後以半工半讀的方式在阿爾及爾大學攻讀哲學。第二次世界大戰期間，卡繆曾擔任《共和晚報》主編、《巴黎晚報》編輯部祕書；德軍侵法後，卡繆參加地下抗德組織，負責《戰鬥報》的出版工作。卡繆於1942年發表《異鄉人》而一舉成名，並於1957年獲得諾貝爾文學獎，是歷來最年輕的獲獎者。

卡繆的創作涵蓋散文、小說與戲劇等諸多領域，例如《薛西弗斯的神話》、《異鄉人》、《鼠疫》和《反抗者》翻譯成多國語言，其對生命存在價值之沉思，具有跨時代的深度。

閱讀指引

一、薛西弗斯故事的意義

希臘神話中的薛西弗斯是埃俄利亞國王埃俄羅斯之子，爲人機智而狡猾，因爲欺騙死神，而被冥王普魯頓（又稱黑帝斯）打入地獄，並處以永無止盡推大石頭上山的刑罰。薛西弗斯神話的內容其實有不同的版本，例如根據荷馬的說法，薛西弗斯是最聰明謹慎的凡人，但有的傳說卻說他可能專幹攔路搶劫的勾當，至於被打入地獄的原因也是眾說紛紜，但這些細節其實無關緊要——薛西弗斯忤逆了天神而被懲罰在地獄做著徒勞無功的工作，才是整個故事的重點。必須將一塊巨石推上山頂，每次到達山頂後，巨石又滾回山下，如此永無止境地重複推石頭。

關於薛西弗斯故事的意義有不同的解讀，長期以來主要視爲重複徒勞無功的任務，如同懲罰。也有人歌頌薛西弗斯對抗諸神的膽識，卡繆則是透過薛西弗斯故事，闡述生命的徒勞與存在的意義。

卡繆表示，薛西弗斯「對眾神的蔑視、對死亡的憎恨、對生命的熱情，這一切都讓他遭受到無法形容的酷刑，一生注定反覆著徒勞的動作」。一般人只注意到無法形容的酷刑、徒勞的動作，但其深刻的前提在於以生命的熱情抗衡死亡、蔑視掌握命運的眾神。

更進一步來說，關於薛西弗斯的悲劇，卡繆有了更深刻的詮釋。從一般讀者的角度來看，薛西弗斯故事的可悲之處，來自於永無終止的徒勞；然而對卡繆來說，「主人翁意識到了自身的遭遇」、「只有在他意識到這荒謬的罕見時刻，才顯出悲劇性」。換句話說，這種體悟同時也是覺醒的契機：「這個清醒洞悉折磨著他，卻也同時是他的勝利。只要蔑視命運，就沒有任何命運是不能被克服的」，當薛西弗斯不再爲眾神的懲罰感到痛苦，並把推巨石上山作爲一種對抗眾神的行動，那命運的鎖鏈也就同時被切斷了。

由此可見，卡繆認爲推巨石上山的舉動，究竟是眾神的懲罰，或是對抗眾神的舉動，端看是否是自身的處境保有清醒的覺知。

二、意識到日復一日的生活

薛西弗斯日復一日做著徒勞無功的事，何其荒謬。然而在卡繆眼中，感受到荒謬，正是因爲認知到自身的存在，與世界產生了深刻的衝突——渾渾噩噩的人感受不到自身與環境的矛盾。換句話說，荒謬感建立在對自身、對世界深刻的認知。

卡繆在《薛西弗斯的神話》這本哲學散文集的第一篇〈荒謬的論證〉中，便有系統地論述了荒謬感及其來源、人類的荒謬處境以及自由的可能性等重要議題。卡繆先解釋了何謂荒謬感：「這種人和生命、演員和舞臺的分割，就是荒謬感。」因為意識到自身與生存環境的落差，油然萌生格格不入的感受，彷彿自身是個局外人，也可以說是人與世界的違和感。

然後第二章「荒謬之人」則進一步說明荒謬的起源，以為人類的靈魂深處總是渴求對這個世界的熟悉感與理解，但這種對「一致性」的渴求，卻往往成為悲劇性的行動。卡繆舉例：當我們突然對日復一日的單調生活感到驚訝與厭倦時，其實便是喚醒了意識，並察覺到了荒謬的起源。

於是乎，卡繆進一步以薛西弗斯的故事為喻，將日復一日的生活比擬為薛西弗斯推巨石的處境：每個人都無從逃避的命運侷限，彷彿是眾神的懲罰。然而卡繆詮釋的特出之處在：薛西弗斯意識到必須為自己的選擇付出代價，自身的命運與眾神無關，我才是自己生命的主人，「薛西弗斯一切無言的快樂便是在此。他的命運屬於他自己」。當從山頂往下走的薛西弗斯有了這樣的體悟之後，他再度扛起了大石頭，此時的薛西弗斯已然不是悲劇的受難者，而是一個能夠掌握自己命運的自由人。

三、我認為：一切都很好

心志清醒的人，才能深刻覺察生命的侷限，感受到命運的痛苦；然而也正是在此狀態下，才能體認到自身的存在，做出選擇。

換句話說，清醒與受苦本是一體兩面；然而只有清醒的人，才能超越命運的束縛，在自覺的選擇下，不再只是被動地受命運所左右，而是成為自己生命的主人。因此，卡繆進一步提出「荒謬的感覺是來自幸福」。

在卡繆眼中，所謂的幸福，並不是物質上的充裕，也不是親密關係的滿足，更不是世俗認可的功成名就。所謂幸福，卡繆強調是一種「我認為：一切都很好」的心理狀態。即便正在經歷環境、命運的磨難，心志清醒而堅強的人，能正視苦難，進而加以超越。誠如伊底帕斯所言：「我的年紀與我崇高的靈魂讓我認爲：一切都很好。」卡繆並以日夜爲喻：只要有陽光就會有陰影，也必須認識黑夜。透過生命的歷練、崇高的靈魂，才能同時觀照陽光與黑夜。

總結來說，卡繆提出，唯有清醒的心志才能確認自身的存在，並感受命運的荒謬，並加以超越：「他的命運屬於他自己」。因此，卡繆對薛西弗斯故事提出開創性的詮釋：「通向山頂的奮鬥本身，就足以充實人心。我們應當想像：薛西弗斯是快樂的。」

（撰稿教師：陳逸根）

多元思考

1. 〈逍遙遊〉以「大鵬鳥」象徵生命境界的宏大，以「蜩」、「學鳩」、「斥鴳」爲對照，箇中寄託了兩種生命境界的褒貶。然而，大鵬鳥能乘風萬里，自然令人神往，但蜩、學鳩、斥鴳就得羨慕大鵬鳥嗎？二者之間，是否必然存在著高、下之分？

   莊子又提到，蜩、學鳩笑鵬鳥高飛，質疑其作爲。請問小知爲何會嘲笑大知？

   請思考上述問題，然後舉生活中所見所聞的實例，分享你的看法。

2. 卡繆認爲「荒謬產生於人類的呼喚和世界無理沉默之間的對立」，我們有時會突然發現人生只是單調的重複，突然升起「我爲什麼在這裡」的感受。

   然而，直視荒謬，做好眼前的工作，又是存在的價值。請問你的生活，是否也有類似的經驗？試問你從該情境中，體認到自身怎樣的存在價值？

延伸閱讀

劉笑敢：《兩種自由的追求：莊子與沙特》（臺北：正中書局，1994）
羅智成：《諸子之書》（臺北：聯合文學，2013）
（美）維克多・沙爾瓦導演：《深夜加油站遇見蘇格拉底》（天馬行空，2006）
（中國）梁旋、張春導演：《大魚海棠》（彼岸天文化，2016）

請沿虛線剪下

作業練習

1. 動畫《大魚海棠》以莊子故事為題材，加以改編創作。請你也從《莊子》一書擇定一則較有興趣的寓言，例如鯤鵬相變、罔兩問景、渾沌開竅、屠龍之技……等等，對該則寓言進行改寫。改寫的具體操作可以由兩個面向著手：其一，從寓言的情節開展上加以「增補」或「改造」；其二，從寓言的思想主旨上加以「延伸」或「改造」。
2. 〈小美人魚〉、〈白雪公主〉、〈灰姑娘〉等故事，在每一次的翻拍中，都賦予新的情節與意義。請自選一則故事，改編其情節，體現新的內在價值。

請沿虛線剪下

下卷　文化的傳衍

第六單元

漢字大觀園

李綉玲

單元理念

語文是認識世界的地圖。

前人將探索世界的經驗灌注在語言文字當中，又因爲觀察的角度、傳達的形式各有差異，形成文化特色。漢字具備外形方正、單音節的特性，在以形表義的基礎上走向以形聲結構爲主的義音文字，於世界文化中獨樹一幟。

我們承襲原有的傳統，理解古漢字字形蘊藏的天地、人體、動物、飲食、生命歷程等等的古代生活與物質文明，傳承文化。

我們也在既有的基礎上創新，當漢字遇見流行語、圖像、表情符號，迸發新的火花，展開新的意義。

漢字大觀園

李綉玲

文字是記錄語言的符號，彌補語言的時空限制，承載人們的思想情感。語言以「聲音」承載「意義」，有音有義而無形；文字繼語言而產生，藉由字形記錄語言，播之遠方，傳於後世。因此，文字是形音義三者兼備，缺一不可。關於漢字的起源，有哪些古老的傳說呢？東漢許慎《說文解字．敘》云：

> 古者庖羲氏之王天下也，仰則觀象於天，俯則觀法於地，視鳥獸之文與地之宜，近取諸身，遠取諸物；於是始作《易》八卦，以垂憲象。及神農氏，結繩為治，而統其事。庶業其繁，飾偽萌生。黃帝之史倉頡，見鳥獸蹏迒之迹，知分理之可相別異也，初造書契。

由上述可知，許慎認爲文字的產生和社會文明的進展有著密切關係。伏羲氏時代，近取諸身，遠取諸物，觀察自然和人文的種種現象有跡可循，於是藉由一些符號用以象徵天地萬物，營造了有利於文字形成的環境。依許慎之言，漢字的起源可遠溯至黃帝，甚至是神農、伏羲的時代。

漢字之妙，可以記事、言情、壯志、述景。本單元將透過漢字大觀園的足跡，帶領大家認識漢字的特質、結構與發展，並導覽古漢字的生活圈、漢字的新舊交替、漢字的「字形」、「釋義」資料庫等，探尋漢字的前世今生與相關知識。

【壹】、漢字身分證

一、漢字的戶長——部首

關於漢字的部首體系，東漢許愼《説文解字》以「五百四十部首」統領九千三百五十三個漢字，著重「部首」和「從屬字」之間的意義關聯性，以部首具有表義作用爲歸部的原則。漢字在演化的過程中，線條轉變爲筆畫，象形程度降低，明梅膺祚《字彙》轉而以「論形不論義」的原則進行歸部，將《説文解字》五百四十部首刪併爲「二一四部首」，清《康熙字典》承襲之。

「二一四部首」雖提高部首檢索的便利性，卻降低了部首的學理性。例如「兵」字歸入「八」部，和數字之義無關；「朋」字歸入「月」部，和朔望之「月」無涉。又例如「無」字歸入「火」部、「壺」字歸入「士」部、「易」字歸入「日」部等，以上諸字的部首都失去了表義的功能。

二、漢字的特質

㈠ 外形方正、結構勻稱

漢字單獨使用時，外形大致是方正的，例如「木」、「言」、「艸」、「竹」、「雨」。但漢字的偏旁組合成「字」時，爲符合字形方正與結構匀稱的特質，主要透過以下的結合方式來達成：一是狹長型的偏旁多半作左右結合，例如「村」、「謝」、「好」等字；二是橫寬形的偏旁多半作上下結合，例如「芒」、「箴」、「雲」等字；三是虛中形的偏旁多半作內外結合，例如「問」、「氣」、「幽」等字。

㈡ 以形聲結構為主

象形文字拉開了漢字造字的序幕，後隨之社會文明的發展，人們生活中出現許多的新興事物，漢字的需求量增加，於是產生了形聲結構的漢字。基本上，形聲字是以「形符」表義，「聲符」表音，例如「鴦」字，「鳥」是形符，表示「鴦」是種鳥類；「央」是聲符，表示「鴦」的讀音。形聲造字法爲漢字注入一股旺盛的生命力，擴大了漢字的運用範圍。現代漢字以形聲字爲主體，數量最多，說明了漢字從單純的表義文字走向以形聲結構爲主的義音文字。

㈢ 具穿越時空性

拼音文字以音爲主體，文字只是語音的符號，若語音隨時代發生變化，記錄語音的文字也會隨之改變，造成時代隔閡。反觀漢字則不然，本質上仍是以形表義，往往可以超越時空的限制，不因語言之變遷而失去記錄語義作用。

㈣ 義蘊豐富

漢字造字有其本義，但在文字使用過程中，可能會產生引申義或假借義，因而具有豐富的義蘊。例如「子」字本義是嬰孩、幼兒之義，可引申爲「魚子」（動物的卵）、「菜子」（植物的種子）、「子弟」（稱輩分小、年紀輕的人）。在語言使用過程中，「子」字亦假借爲「爵位名」和「地支名」。由於漢字義蘊豐富的特性，文學和典籍透過文字傳達出豐富多彩的內容與精神思想。

㈤ 一字多音

根據教育部民國八十八年公布的《國語一字多音審訂表》，多音字957個字，存在「文白異讀」、「歧音異義」、「限讀」及「文字通假」四種現象。

1.【文白異讀】例如：

國字	審定音	詞例	備注
削	1. ㄒㄩㄝˋ讀音 2. ㄒㄧㄠ 語音	1. 削壁、削足適履 2. 刀削麵、削鉛筆	取ㄒㄩㄝˋ、ㄒㄧㄠ二音。語音單用時，用ㄒㄧㄠ。

2.【歧音異義】俗稱「破音字」。例如：

國字	審定音	詞例	備注
逮	1. ㄉㄞˋ 2. ㄉㄞˇ	1. 力有未逮 2. 逮住、逮捕	不及義，音ㄉㄞˋ。 捕捉義，音ㄉㄞˇ。

3.【限讀】例如：

國字	審定音	詞例	備注
論	1. ㄌㄨㄣˋ 2. ㄌㄨㄣˊ（限讀）	1. 言論、議論紛紛、論罪、爭論不休	2. 限於「論語」一詞，音ㄌㄨㄣˊ。

4.【文字通假】例如：

國字	審定音	詞例	備注
見	ㄐㄧㄢˋ	偏見、接見、看見、見識	通「現」時，音ㄒㄧㄢˋ。

由於漢字一個字是一個音節，具有孤立的特性，得以孕育出對仗、駢偶等優美形式的文學作品；再加上義蘊豐富、一字多音等特質，使得「對聯」、「測字」、「燈謎」、「繞口令」等充滿趣味性、民俗性的文字遊戲應運而生，豐富了我們的生活。

三、漢字的發展

文字的形成與發展是一個漸進漫長的過程。漢字的發展可從四個方面了解，一是「時代」，二是「書寫質材」，三是「字（書）體」，四是「用途」。依「時代」，可分爲殷商以前的文字、殷商文字、西周文字、春秋文字、戰國文字、秦漢魏晉文字、魏晉以後文字等；依「書寫質材」，可分爲古陶文、甲骨文、金文、簡帛文字、石刻文字等；依「字（書）體」，約可分爲籀文、大篆、小篆、古隸、漢隸、草書、楷書、行書等；依「用途」，約可分爲貨幣文字、璽印文字、兵器文字等。

㈠殷商文字

殷商文字主要是指西元前十四世紀商王盤庚遷都於殷，到西元前十一世紀商紂王亡國這段時間所使用的文字，以甲骨文和金文數量最多。

1.【甲骨文】

「甲骨文」是指刻或寫在龜甲、獸骨上的文字，龜甲可分爲龜背甲和龜腹甲，獸骨中最常見的是牛骨，亦見鹿骨、羊骨、豬骨及虎骨等。甲骨文的內容，大部分是占卜的紀錄，商王室喜好占卜，舉凡天象、祭祀、生育、戰爭、農業、田獵、疾病等，幾乎無事不卜。除了卜辭之外，甲骨文亦可見和占卜無關的記事刻辭，其內容包括甲骨的納貢及收藏、干支表、祀譜、歷史事件的記載等。

2.【金文】

「金文」是指刻鑄在青銅器上的文字，西周人將銅稱爲「吉金」，因此銅器上的銘文稱爲「吉金文字」，簡稱「金文」。有些商代金文象形極爲濃厚，例如「牛」字作、「象」字作。

㈡西周文字

西周時期的文字可見甲骨文、金文和籀文。依《說文解字．敘》的說法，「籀文」是指周宣王的史官太史籀所寫《史籀篇》中的文字，例如「雞」字，《說文》小篆從「隹」作，籀文從「鳥」作。

㈢ 春秋文字

春秋時期最主要的文字是金文，春秋中晚期的金文出現了美術化傾向，春秋晚期到戰國早期還流行加鳥形、蟲形，或稱爲鳥蟲書。例如戰國早期〈越王州句矛〉中的「王」、「自」、「用」、「矛」、「句」等字，均可見加鳥形。

王	自	用	矛	句

㈣ 戰國文字

春秋晚期以降，隨著宗法貴族政治逐漸瓦解，文字開始擴散至民間，文字應用範圍也日益廣泛，地域性差異愈加明顯。例如「馬」字，甲骨文作，西周金文作，特別突出馬眼和馬頸上的鬃毛，戰國燕系、晉系、楚系文字將「馬」的軀幹省略爲兩橫筆，齊系文字省作，秦系文字繼承西周金文的寫法，各有其特點，呈現文字異形的現象。

齊系	燕系	晉系	楚系	秦系

戰國時期的文字異形難免會影響到各國的政治、經濟和文化的交流，秦統一六國後採取了「書同文字」政策。秦朝「書同文字」命令李斯等人對文字進行規範整理，戰國文字異形的局面基本消除，小篆成爲官方正體；而從秦國文字俗體發展而來的隸書在實際日常生活中廣泛使用。

㈤ 兩漢魏晉文字

裘錫圭先生指出兩漢時代通行的主要字體是隸書，輔助字體是草書。大約在東漢中期，從日常使用的隸書演變出一種比較簡便的俗體，到了東漢晚期，在這種簡便俗體和草書的基礎上，形成了行書。大約在漢魏之際，又在行書的基礎上形成了楷書。

關於「楷書」的形成和發展，裘錫圭先生認爲楷書於漢魏之際已經形成，並從各方面綜合考量，將南北朝看作楷書階段的開端，魏晉時代則是隸書、楷書的過渡階段；進入南北朝後，楷書終於成爲主要的字體。「楷書」原本並非某種書體的專名，是指作爲楷模的字或有法度的字。宋以後，「楷書」成爲字體的專稱。

【貳】、漢字大團圓

現今商店名稱或是廣告看板，常見「羴」、「犇」、「鱻」等漢字的蹤影，究竟以同一個偏旁重複疊加的方式來構字，隱藏什麼樣的智慧？有甚麼作用呢？且看字書載分明，得知這是哪一招。

一、強化偏旁意義

例如：

【惢（ㄙㄨㄛˇ）】《說文》：「惢，心疑也。从三心。」

「惢」字由三顆「心」疊加而成，由於人只要一顆心就夠了，以三顆心來構字用以突顯「多心、多疑」的意思，具生動化及形象化的效果。

二、表示聲音描摹

例如：

【轟】《說文》：「轟，群車聲也。从三車。」

「轟」字由三「車」疊加而成，用以描摹很多車發出的聲音，亦引申形容巨大之聲響。

三、表示行動快速

例如：

【㲋（ㄈㄨˋ）】《說文》：「㲋，疾也。从三兔。」

「㲋」字以三隻「兔」疊加而成，由於兔子行動靈敏，故取三兔奔跑迅速的形象，藉以強化行動迅捷之義。

四、表示數量眾多

例如：

【㗊（ㄐㄧˊ）】《說文》：「㗊，眾口也。从四口。」

「㗊」字由四個「口」組成，表示眾多的口；由於口多，引申有讙譁之意。

五、表示類別總名

例如：

【蟲】《說文》：「蟲，有足謂之蟲，無足謂之豸。从三虫。」

「蟲」字由三個「虫」組成，以三泛指多，作爲昆蟲的總稱，表示一個大的類別。

【參】、古漢字生活圈

一、古漢字中的天地

古可見「日月星空」、「風雨雷電」、「季節時光」、「山川田土」、「地理方位」等自然環境的漢字。舉例如下：

殷商甲骨文	殷商、西周金文	春秋、戰國文字	《說文》篆文	西漢隸書	東漢隸書	教育部標準楷書
						星
						電
						年
未見	未見					地

【說明】

〔星〕

甲骨文「星」字本義是星星，形構爲從「生」（　）得聲，　象群星之形，星形有多有少，少則二顆星，多則五顆星。西周金文於星形中加一橫畫，此橫畫的有無，並不影響「星」字的聲音和意義。戰國文字省簡爲一顆星，隸書、楷書承之。

〔電〕

甲骨文「電」字寫作「申」，象閃電的電光屈折之形，最初「申」、「電」是同一個字，「申」是「電」的初文；由於「申」被假借爲天干地支的「地支」使用，爲了區隔閃電和地支的不同用法，考量閃電多伴隨雷雨，因此增加「雨」這個偏旁來保留閃電的本義，和表示地支的「申」有所區隔。戰國文字兩旁電光的分枝或訛寫爲「臼」（　）形，漢隸承之，或連接筆畫作电，爲楷書所本。

〔年〕

甲骨文從「人」、從「禾」，象人背著禾，禾穀成熟收成的意思。《爾雅．釋天》：「夏曰歲，商曰祀，周曰年，唐虞曰載。」郭璞《注》：「歲，取星行一次；祀，取四時一終；年，取禾一熟；載，取物終更始。」邢昺《疏》：「年者，禾熟之名。每歲一熟，故以爲歲名。」從「年」字可知古人對於豐年之祈求，重視農作物之收成。商朝年歲的稱謂，除了稱「歲」稱「祀」之外，也有稱「年」。隸書的「年」字經「隸變」過程，將古文的線條平直化和省併，已難以看出「年」字從「人」、從「禾」的原始構形，楷書承之。

〔地〕

戰國文字從「阜」、「豕」聲作[illegible]，或加「土」形作[illegible]，或從「阜」、從「土」、「它」聲作[illegible]，或從「土」、「也」聲作[illegible]。由於「豕」、「也」、「它」的古音相近（「聲」同屬舌頭音，「韻」也相近），因此發生聲旁替換的現象。《說文解字》小篆從「土」、「也」聲作[illegible]，漢隸可見從「土」、「它」聲作[illegible]，亦見從「土」、「也」聲作[illegible]。從「土」、「也」聲的寫法爲楷書所承，流傳至今。

二、古漢字中的人體

古可見表示「頭」、「五官」、「軀幹」、「四肢」、「臟腑」、「皮膚」、「肌肉」、「筋骨」、「毛髮」等對身體觀察與認識的漢字。舉例如下：

殷商 甲骨文	殷商、 西周 金文	春秋、 戰國 文字	《說文》 篆文	西漢 隸書	東漢 隸書	教育部 標準楷書
						首
						亦
						足
						須

【說明】

〔首〕

甲骨文象頭之形，其上或有頭髮作，或無頭髮作；西周金文頭髮以下的頭形寫成「目」形作，或寫成「自」形作。《說文解字》「首」字的篆文、秦漢隸書和楷書是承有髮的字形而來。

〔亦〕

甲骨文從「大」（象人正面站立之形），左右兩小點指出兩腋的部位，是「腋」的初文，本義是腋窩。在語言使用的過程中，因爲聲音相同的關係，「亦」字的字形被假借爲副詞，相當於「也」、「又」、「已經」等義；爲了有所區別，另造了一個從「肉」、「夜」聲的形聲字「腋」，始見於戰國文字，作、。

〔足〕

甲骨文從「止」（象腳掌之形），象臂部至小腿之形，本義是腳。西周金文將臂部至小腿的形簡化爲「○」形，楷書寫成「口」形。

〔須〕

甲骨文作，從「人」、「凵」象人的臉面，三斜線象有毛之形，本義是人臉頰上的鬍子，「須」是「鬚」的初文。在語言使用的過程中，因爲聲音相同的關係，「須」字的字形被假借爲務必、必須、等待等用法；爲了有所區別，另造了一個從「髟」、「須」聲的形聲字「鬚」，以保留「須」的鬍鬚本義。「鬚」字始見於遼代《龍龕手鑑》、元刊本《玉篇》等字書。

三、古漢字中的動物

動物各自有其突出的形體特徵，古漢字中的動物字形通常如實地表現出來。例如「象」字強調象鼻，「鹿」字突出鹿角。另，古文字受限於二維平面的描繪視角，動物的四隻腳寫成了二隻腳，二隻腳寫成了一隻腳，成了商周甲金文動物字的通則。

㈠ 野生的動物

商周甲金文可見「鳥禽類」、「毛獸類」、「魚類」和「甲殼類」等野生動物。舉例如下：

殷商 甲骨文	殷商、 西周 金文	春秋、 戰國 文字	《說文》 篆文	西漢 隸書	東漢 隸書	教育部 標準楷書
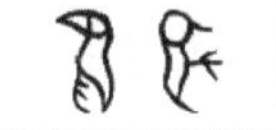						鳥
						鹿
		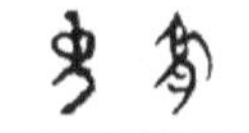				象
	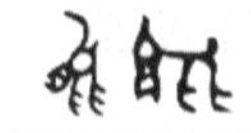	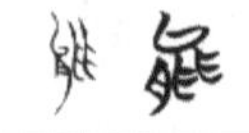				能
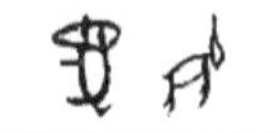						兔

殷商 甲骨文	殷商、 西周 金文	春秋、 戰國 文字	《說文》 篆文	西漢 隸書	東漢 隸書	教育部 標準楷書
						魚
						龜

【說明】

〔鳥〕

商周甲金文象側視的鳥形，有鳥喙、鳥首、鳥身、鳥羽、鳥足。隸書的鳥足演變成四點。

〔鹿〕

商周甲金文象側視的鹿形，鹿角、鹿頭、鹿身、鹿足、鹿尾俱全。東漢隸書作鹿，鹿足與鹿頭分離。鹿字頻繁地出現在甲骨文中，是商朝人喜歡和容易捕獵的動物。「逐鹿」本指追逐鹿隻，後詞義引申爲爭逐權力，例如「逐鹿中原」，比喻群雄爭奪天下。

〔象〕

商周甲金文象側面的大象之形，特別突出大象的長鼻特徵。商代的族徽作，十分生動寫實。

〔能〕

商周甲金文象「熊」之形，可看出「熊」的大頭、大口、短尾、大腳掌等特徵。戰國文字「熊頭、熊口、熊掌」分離，熊的頭部訛變成似「厶」形，熊的大口訛變成「肉（月）」形，《說文解字》篆文、隸書和楷書承之。

〔兔〕

商周甲金文象側面的兔子之形，突出長耳和上翹的短尾巴。兔子的短尾巴至漢代隸書演變成一個點形，且與兔身分離，楷書承之。

〔魚〕

商周甲金文象魚形，魚頭、魚身、魚尾、魚鰭、魚鱗俱全。西周金文「魚」的尾形由雙線條變爲單線條作，戰國文字則訛寫成「火」形，《說文解字》篆文、隸書和楷書承之。

〔龜〕

商甲骨文象側視或俯視全龜之形，龜首、龜尾、龜足、龜甲俱全。由於龜爲長壽動物的代表，古人認爲其能通神明，故用於卜問。

㈡ 馴養的動物

凡是人們爲了食用、勞役或賞玩等目的而豢養的動物，都可歸爲馴養的動物。商周甲金文已見「牛、馬、羊、犬、豕」等五畜。舉例如下：

殷商甲骨文	殷商、西周金文	春秋、戰國文字	《說文》篆文	西漢隸書	東漢隸書	教育部標準楷書
						牛
						羊
						馬
						犬
						豕

【說明】

〔牛〕

商周甲金文象正面的牛頭，有兩隻彎彎的角，西周金文的字形牛角、耳、目、鼻俱全。

〔羊〕

商周甲金文象羊頭之形，其上有一對彎曲的羊角。古人認爲「羊」是吉祥的動物，因此從「羊」的漢字大都帶有美善吉祥的意義。

〔馬〕

商周甲金文象「馬」之形，特徵在於馬頸上有鬃毛，字形上部是有眼的馬頭，中是馬身，下是馬尾，左是兩腳，右是鬃毛。戰國文字或把「馬」的軀幹省略爲兩橫筆，「馬」的頭部省作「目」形，但仍保留馬頸上的鬃毛此一特徵。

〔犬〕

商周甲金文象狗側面之形，「犬」的特徵是腹瘦、尾巴蜷曲。

〔豕〕

商周甲金文象側視的豕形，甲骨文「豕」、「犬」字形相近，差別在於「豕」尾形下垂，腹部較肥，「犬」尾形上揚，腹部較瘦。

四、古漢字中的飲食

古人一天吃幾餐呢？許進雄《字字有來頭》指出殷商人們平日只吃兩餐，早上的「大食」約在七到九時，下午的「小食」約在三到五時之間；戰國時代有「暮食」，一天已吃三餐；西漢早餐爲「早食」，午後的餐稱爲「晡食」或「下晡」，晚餐稱「暮食」或「夜食」。

㈠食物

商周時代除漁獵而來的動物類食物，亦可見植物類食物，例如「禾、秝、穆、黍、稻、來、麥」等古漢字所記載的訊息。舉例如下：

殷商 甲骨文	殷商、 西周 金文	春秋、 戰國 文字	《說文》 篆文	西漢 隸書	東漢 隸書	教育部 標準楷書
[illegible]	[illegible]	[illegible]	[illegible]	[illegible]	[illegible]	黍
[illegible]	[illegible]	[illegible]	[illegible]	[illegible]	[illegible]	麥
未見	[illegible]	[illegible]	[illegible]	[illegible]	[illegible]	稻

【說明】

〔黍〕

商甲骨文象一株黍形，或加「水」形，可能緣於黍可釀酒。西周金文及戰國文字保留「水」形，而「黍」形簡化爲「禾」形。

〔麥〕

甲骨文「麥」字本作「來」，甲骨文「來」字作[illegible]，是麥子之「麥」的象形初文。後「來」字假借爲行來之義，於是在「來」下加「夊」以示區別，有學者認爲所加的「夊」形是象麥根之形。

〔稻〕

春秋金文從禾、舀聲作[illegible]，所從「舀」形可見以手在「臼」中舂米之義，春秋金文或不從「米」而從「禾」作[illegible]。

㈡ 食器

商周時代無論是祭祀、日用還是裝飾，只有貴族階層才能擁有和使用青銅器，平民一般使用陶器。商周時代的青銅食器可分爲「鬲、鼎、甗」（炊具）、「簋、盨、簠、敦」（盛放穀類食物）、「豆」（盛放醃菜和肉醬）、「尊、壺、卣」（盛酒器）、「盉」（調酒器）、「斝、爵」（溫酒器）、「觚、觶、觶」（飲酒器）。舉例如下：

殷商甲骨文	殷商、西周金文	春秋、戰國文字	《說文》篆文	西漢隸書	東漢隸書	教育部標準楷書
						鼎
						豆
						爵

【說明】

〔鼎〕

商周甲金文象鼎形，用來烹煮肉食，也可以用來盛放肉食。鼎除作爲炊煮及盛食器外，以鼎的數量、大小、盛放食物的種類等差別爲標準，形成「列鼎制度」，是周代區別身分等級的重要標誌。漢代何休注《春秋．公羊傳．桓公二年》：「禮祭，天子九鼎，諸侯七，卿大夫五，元士三也。」明確指出不同等級的階級使用列鼎數量的差異。

〔豆〕

商周甲金文象豆形，上面一横象器蓋，中象豆體，下象豆足及底座（圈足），是盛放醃菜和肉醬的盛食器，盛行於商周時期。傳世文獻中，「豆」字假借爲豆麥之「豆」，例如《戰國策．韓策一》：「韓地險惡，山居，五穀所生，非麥而豆。」由於假借義使用越來越普遍，「豆」的「食器」本義反而漸漸不爲人所熟知。

〔爵〕

甲骨文與早期金文皆象爵形，上有柱，前有流（就口處），後有尾，器體側面有鋬，下有三足。「爵」是飲酒器，但由於出土的爵有部分底部有煙炱痕跡，推測「爵」除了是飲酒器，亦可爲溫酒器。西周金文加「又」形（手形），以手持爵；西周中期以後的「爵」形逐漸訛變，爵柱訛成，後幾經變化，在楷書中變作「爪」形；器體側面的「又」（手形）增加一短橫筆作「寸」；爵體形訛更甚，爵形的象形意味已失。古代君王授臣下爵位，往往伴隨著賞賜爵及其他器物，「爵」遂引伸出有爵位、授爵的意思。

㈢ 烹煮方法

人類懂得用火，改變了飲食習慣，因而發展出不同的煮食方式與器具，古漢字也記錄了這些和日常生活息息相關的訊息。舉例如下：

殷商甲骨文	殷商、西周金文	春秋、戰國文字	《說文》篆文	西漢隸書	東漢隸書	教育部標準楷書
未見	未見					炙
						庶
						盧

【說明】

〔炙〕

「炙」字從火、從肉，本義是以火燒烤肉，由燒烤引申指烤熟的肉食，例如「膾炙人口」。膾、炙皆人間美味，爲人所喜好，後遂以「膾炙人口」比喻美妙的詩文或事物爲人所讚賞、傳頌。

〔庶〕

甲骨文「庶」字從火、從石，石亦聲。西周金文從「石」、從「火」，隸楷階段的「火」形變作四點。於燃石之上烙烤食物，或是投燃石於盛水之器煮物，是早期人們熟食的作法。臺灣原住民目前仍保留此種煮食方法，將燒熱的石頭放進已盛裝水、魚、肉、蔬菜等食物的容器中，透過水傳遞石頭的熱能，煮熟食物。

〔盧〕

甲骨文「盧」字作，象一座爐子在支架上之形，甲金文或加「虍」爲聲符作、；西周金文加「皿」形作，表示「盧」是一種容器。許進雄先生指出爐子是一種燒火的裝置，功能多樣，可用以烹飪、冶煉或取暖等用途。

五、古漢字中的人生歷程

「生、老、病、死」是必經的人生歷程，古漢字也記錄了出生、養育、婚姻、疾病、死亡等人生各個階段的訊息。舉例如下：

殷商 甲骨文	殷商、 西周 金文	春秋、 戰國 文字	《說文》 篆文	西漢 隸書	東漢 隸書	教育部 標準楷書
						育 （毓）
						疾
	未見					葬

【說明】

〔育（毓）〕

商周甲金文「毓」字從「女」（或從「人」、或從「每」）、從倒子（「子」形或不倒轉，但「子」形必在「女」

形下面），本義是產子生育，是「育」字的異體字。《說文解字》「育」字小篆有二種構形，一作（毓），是繼承上述甲金文的寫法而來；二作（育），從「𠫓」（倒「子」）、「肉」聲，是一個形聲字。

〔疾〕

甲骨文「疾」字有兩種構形，第一種構形作，從「人」、從「爿」（牀的初文），小點可能象因生病所流出的汗水或血滴，本義是一個人生病躺在牀上，身上流汗或流血。第二種構形作，從「大」（象正面站立並展開四肢的人形）、從「矢」，人腋下中箭之義；春秋開始，「大」形改換爲「疒」形，《說文解字》篆文、隸書和楷書承之。

〔葬〕

甲骨文「葬」字從「人」，或從「歺」（象殘骨）埋在坑中，或有「爿」（牀的初文）墊著。戰國楚文字從「死」、「臧」聲作，秦和西漢文字從「死」、從「茻」，且「死」形的上下各有一橫筆作、，這上下二橫筆可能是棺柩，但也有可能只是飾筆。東漢隸書省略兩橫筆，爲現今楷書所承。

【肆】、漢字的新舊交替

一、漢字會說話——當流行語遇見漢字

流行語顧名思義是盛行於當代的語言，跟隨著時間而改變，呈現各時代的特色及文化。至於文字，擔負記錄語言的功能，隨著流行漢語的湧現，漢字亦產生了許多新義。究竟漢字的古典與新生可以從哪些面向觀察呢？

㈠「創新」之流行新義字

文字初造之時有所謂的本形本義，於實際語言應用中，則會

衍生出其他意義，例如引申義、假借義。所謂「創新之流行新義字」是指現今流行漢字的字形不變，但產生新的使用義，有別於本義。例如：

囧	本義	象窗牖之形
	現代流行義	形容「鬱悶、悲傷和無奈」之情緒

古「囧」字象窗牖之形，作（甲骨文）、（甲骨文）。由於「囧」字和人們「皺眉、張口」之表情十分相似，於是「囧」字之現代流行義被用來形容「鬱悶、悲傷和無奈」之情緒，與本義「窗牖」無涉。如「*當我得知文字學被當時，瞬間覺得好囧！*」

槑	本義	「某」（梅）之古文異體字
	現代流行義	形容人「很呆、很天真、傻到家了」

「某」本義爲酸果之義，有另一種寫法作「槑」。南投水里鄉的上安村爲知名的梅子產區，上安村居民秉持尊重大自然的態度，成立了「*槑休閒農業園區*」，希冀營造出嶄新的上安村，著實特別。新世代的網路流行語出現「槑」字，藉由兩個「呆」字的結合，形容人「很呆、很天眞、傻到家了！」如「*你很槑耶！*」

㈡「引申」之流行新義字

「引申之流行新義字」是指現今流行漢字的字形不變，但產生新的使用義，且此使用義是由本義引申而出。意即引申義是以本義爲基礎，進行自由聯想所產生，但與本義仍具有某種關連。例如：

雷	本義	雲層放電時所發出的聲響
	現代流行義	常用於劇情的洩漏或是震撼、驚訝的意思

古「雷」字作（商甲骨文）、（西周金文）、（戰國文字），本義爲雲層放電時所發出的聲響。在網路流行語中，「雷」是指在不知情的情況下，無意中看了自己不喜歡的內容，常用於劇情的洩漏，彷彿如雷聲的巨響具有震撼力和衝擊力；或是形容看了不想看的內容，像被雷劈中一樣難受。「雷」字亦可作警語，當網路文章有描述與電視、電影、小說等與劇情有關的內容時，可提醒讀者該文章內容會透露劇情，以免降低了未觀賞者的觀看興致。綜上，雷字作爲網路用語，常見作爲動詞或名詞。如「*我還沒去看捍衛戰士：獨行俠，你別雷我！*」、「*本文章有埋地雷。*」

黑	本義	象正面的人形，臉部被墨刑
	現代流行義	表示受到損失或是在職場上不受上司重用和肯定

古「黑」字作（甲骨文）、（春秋金文），象正面的人形，而面部被墨刑。「黑」字在現代社會成爲流行語，表示受到損失或是在職場上不受上司重用和肯定，如「*我在主管面前莫名其妙黑掉了！*」

㈢「表音」之流行新義字

1. 記錄臺灣口音

【粉】

「粉」字本義爲擦在臉部的細末狀化妝品，例如《文選·登徒子好色賦》：「東家之子，增之一分則太長，減之一分則太短，著粉則太白，施朱則太赤。」「粉」字在現代社會成爲流行語，代替「很」字，記錄了臺灣國語非字正腔圓的特殊「笑果」。如「*流行語粉有趣，現在的年輕人有粉多的流行語。*」

【偶】

「偶」字本義爲用土、木、金屬等材料雕塑的人像，引申爲同伴，例如《史記．卷九十一．黥布傳》：「迺率其曹偶，亡之江中爲群盜。」亦引申爲配偶，例如《紅樓夢．第四回》：「因此這李紈雖青春喪偶，且居處膏粱錦繡之中，竟如槁木死灰一般。」「偶」字在現代社會成爲流行語，替代「我」字，特別具有臺灣味。

2. 記錄閩南語

【哈】

「哈」字本義爲魚嘴張動的樣子。由於「哈」字和閩南語表示很需要、很喜歡某事物或人，讀爲四聲的「hà」音近，轉變成現代社會流行語的用字。例如「*他很哈3C產品*」、「*她很哈韓*」。

【揪】

「揪」字本義爲用手抓住，和閩南語表示藉由社交網站聚集群眾，發揮團隊影響力，讀爲「jiū」的聲音音同，轉變成現代流行語的用字。如「*那家有名的蛋糕店正在舉辦網路優惠活動，我們揪團一起買吧！*」

3. 記錄外來語

【萌】

「萌」字本義爲草木發芽或草木初生之芽，例如《楚辭．九思》：「明風習習兮龢暖，百草萌兮華榮。」引申爲事物發生的開端或徵兆，例如《韓非子．說林上》：「聖人見微以知萌，見端以知末。」「萌」字在現代社會成爲流行語，可以用來形容可愛的女生、男生或事物。例如「*你別拿萌照來欺騙人了！*」、「*她很愛裝萌。*」其來源於日語「萌え（もえ）」，「萌え（もえ）」在日語中所表達的是可愛、喜愛的意思。

【當】

「當」字本義爲相值、對等，如「門當户對」、「旗鼓相當」。「當」字在現代社會成爲流行語，可以用來形容心情或某種狀態跌至谷底，如「*我這學期被當了好幾科*」、「*我心情很當，腦袋也快當了！*」「當」字亦可表示電腦或網路停擺，如「*電腦當機了！*」其來源於英文「down」，使用同音字表示。

㈣「連音」之流行新義字

【醬】、【釀】

古代典籍裡，將二個字音合併成一個音的情形時有所見。如「何不」說成「盍」、「之於」說成「諸」。現代漢語裡，也有不少合音的字彙，如「不用」說成「甭」、「了呀」說成「啦」，可見合音的變化是口語中的自然現象。「醬」字本義爲肉醬，「釀」字本義爲釀酒；新新世代將「這樣」連讀、急讀成「醬」，「這樣子」連讀成「醬子」；同理，亦將「那樣」連讀成「釀」，「那樣子」連讀成「釀子」，反映出口語詞彙欣欣向榮的生命力。

流行語是語言不斷發展的現象之一，是時代的見證；有些流行語成爲書面語，有些則是銷聲匿跡。身處於雅俗共存的流行語潮流中，這些流行語所使用的漢字屢被賦予不同新義。期待新世代在使用流行語的同時，亦能了解這些流行語所使用漢字的源流及本形本義，在「新生」之中仍能保有「古典」之美。

二、漢字有表情——當圖像遇見漢字

㈠「合文」之趣味

「合文」是將兩字或兩個以上的漢字緊密結合成一個方塊文字，合文最早見於殷商的甲骨文，例如「二百」作、「小子」作、「大吉」作、「風雨」作、「今日」作。2019年一則新聞，曾報導以創意「合文」結合「春聯」的趣味方式團拜！如下所示：

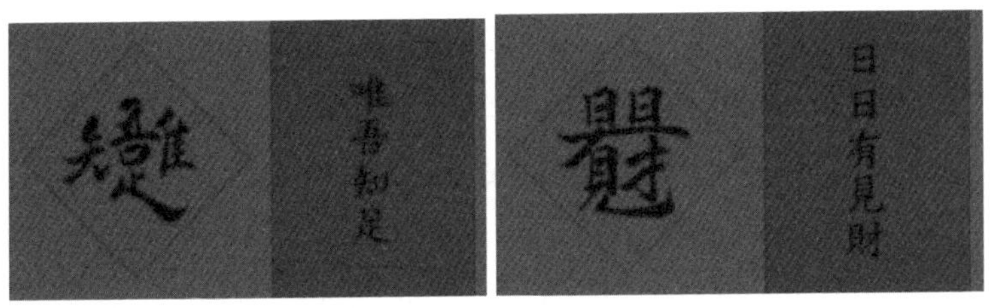

資料來源：https://daaimobile.com/volunteer/5c62340f8dd62d00069a6117。

㈡「圖像文字」之美妙

現代社會中，聊天軟體使用頻繁，是大家進行社交活動、表達情緒的重要工具。近年來可見將三千多年前的甲骨文以漢字貼圖的形式變身於聊天通訊軟體，毫無違和感並充滿趣味性，頗受歡迎。當圖像遇見文字，究竟會迸發甚麼火花和效果呢？以下的通訊貼圖分別以「心」、「好」、「恩」、「樂」、「良」、「信」、「累」這七個字的古文字字形「心、好、恩、樂、良、信、累」為原型，結合人的樣貌進行設計，賦予漢字生動的表情。

以上通訊貼圖設計繪製：邱語婷（逢甲大學中文系畢業生）

【伍】、漢字的「字形」、「釋義」資料庫

【小學堂】https://xiaoxue.iis.sinica.edu.tw/yanbian

【開放古文字字形庫】http://ccamc.org/cjkv_oaccgd.php

【字源】https://hanziyuan.net/

【漢語多功能字庫】https://humanum.arts.cuhk.edu.hk/Lexis/lexi-mf/

【中華語文知識庫】https://chinese-linguipedia.org/

【教育部異體字字典】https://dict.variants.moe.edu.tw/variants/rbt/home.do

【教育部國語辭典修訂本】https://dict.revised.moe.edu.tw/?la=0&powerMode=0

作者簡介

李綉玲，出生於臺南左鎮，酷愛古文字和桌球的中文人。國立中正大學中國文學研究所博士，現任逢甲大學中文系副教授、國教院異形詞編審委員，曾任中國文字學會祕書長、教育部《異體字字典》撰稿委員。專長領域爲文字學、漢語語言學及華語文教學，除學術著作，亦和多位教師合撰《現代生活應用文》、《揮灑生命的五色筆—走進悅讀與舒寫的世界》。曾榮獲教育部友善校園獎中區優秀導師、國科會人社中心暑期訪問學者、逢甲大學終身優良導師、教學績優教師。

請沿虛線剪下

作業練習

1. 運用漢字義蘊豐富、一字多音等特質，創作「對聯」、「測字」、「燈謎」、「繞口令」等充滿趣味性、民俗性的文字遊戲。
2. 運用漢字「字形」資料庫，進行「通訊貼圖、家徽、商品LOGO」之漢字創意設計，並簡要說明設計理念。
3. 運用漢字「字形」、「釋義」資料庫，製作「一個漢字的影音」。

（可參YouTube「字從遇見你」系列影音）

請沿虛線剪下

下卷　文化的傳衍

第七單元

神話傳說的異想

曾愛玲、洪英雪

單元理念

那麼多的故事乍生乍滅，曾經傳誦一時，不消多久就湮沒在下一波潮流裡。然而有一些故事，一代又一代傳承，超越了時間與空間，衍生出各種變形的樣貌，但原始的輪廓又清晰可見。

因爲故事說出了集體的夢，也承載了集體的想望與恐懼。例如既叛逆又替天行道的哪吒，源於故事，竟也成爲信仰，又在各種文學、圖像、影音、娛樂中不斷翻新。

《封神演義》裡的哪吒熱血而決絕，不知輕重、不計代價，在不知天高地厚的衝勁中，又帶著龍筋獻父的好意，如此叛逆，彷彿是青春的一面。

奚淞〈封神榜裡的哪吒〉將哪吒改爲抑鬱的青少年，身懷一身神力，卻慘愁寂寞，不斷喃喃向雙親、向師長傾訴，無人能解，彷彿是青春的另一面。

經典閱讀一

哪吒故事（節選）

封神演義

話說陳塘關有一總兵官，姓李，名靖，自幼訪道修眞，拜西崑崙度厄眞人爲師，學成五行遁術。因仙道難成，故遣下山輔佐紂王，官居總兵，享受人間之富貴。元配殷氏，生有二子：長曰金吒，次曰木吒。殷夫人後又懷孕在身，已及三年零六個月，尚不生產。李靖時常心下憂疑。一日，指夫人之腹言曰：「孕懷三載有餘，尚不降生，非妖即怪。」夫人亦煩惱曰：「此孕定非吉兆，教我日夜憂心。」李靖聽說，心下甚是不樂。當晚夜至三更，夫人睡得正濃，夢見一道人，頭挽雙髻，身著道服，逕進香房。夫人叱曰：「這道人甚不知理。此乃內室，如何逕進，著實可惡！」道人曰：「夫人快接麟兒！」夫人未及答，只見道人將一物往夫人懷中一送，夫人猛然驚醒，駭出一身冷汗。忙喚醒李總兵曰：「適纔夢中……」如此如此說了一遍。言未畢時，殷夫人已覺腹中疼痛。靖急起來至前廳坐下。暗想：「懷身三年零六個月，今夜如此，莫非降生？吉凶尚未可知。」正思慮間，只見兩個侍兒，慌忙前來，「啓老爺：夫人生下一個妖精來了！」李靖聽說，急忙來至香房，手執寶劍，只見房裏一團紅氣，滿屋異香。有一肉毬，滴溜溜圓轉如輪。李靖大驚，望肉毬上一劍砍去，劃然有聲。分開肉毬，跳出一個小孩兒來，滿地紅光，面如傅粉，右手套一金鐲，肚腹上圍著一塊紅綾，金光射目。這位神聖下世，出在陳塘關，乃姜子牙先行官是也，靈珠子化身。金鐲是「乾坤圈」，紅綾名曰「混天綾」。此物乃是乾元山鎭金光洞之寶。表過不題。只見李靖砍開肉毬，見一孩兒滿地上跑。李靖駭異，上前一把抱將起來，分明是個好孩子，又不忍作爲妖怪壞他性命，乃遞與夫人看，彼此恩愛不捨，各各憂喜。

卻說次日，有許多屬官俱來賀喜。李靖剛發放完畢，中軍官來稟：「啓老爺：外面有一道人求見。」李靖原是道門，怎敢忘本？忙道：「請來。」軍政官急請道人。道人逕上大廳，朝上對李靖曰：「將軍，貧道稽首了。」李靖忙答禮畢，尊道人上坐。道人不謙，便就坐下。李靖曰：「老師何處名山？甚麼洞府？今到此處，有何見諭？」道人曰：「貧道乃乾元山金光洞太乙眞人是也。聞得將軍生了公子，特來賀喜。借令公子一看，不知尊意如何？」李靖聞道人之言，隨喚侍兒抱將出來。侍兒將公子抱將出來。道人接在手，看了一看，問曰：「此子落在那個時辰？」李靖答曰：「生在丑時。」道人曰：「不好。」李靖問曰：「此子莫非養不得麼？」道人曰：「非也。此子生於丑時，正犯了一千七百殺戒。」又問：「此子可曾起名否？」李靖問曰：「不曾。」道人曰：「待貧道與他起個名，就與貧道做個徒弟，何如？」李靖答曰：「願拜道長爲師。」道人曰：「此子第三，取名叫做『哪吒』。」李靖謝曰：「多承厚德命名，感謝不盡。」

烏飛兔走，瞬息光陰，暑往寒來，不覺七載。哪吒年方七歲，身長六尺。時逢五月，且說三公子哪吒見天氣暑熱，心下煩躁，來見母親。參見畢，站立一旁，對母親曰：「孩兒要出關外閒翫一會，稟過母親，方敢前去。」殷夫人愛子之心重，便叫：「我兒，你既要去關外閒玩，可帶一名家將領你去，不可貪頑，快去快來。恐怕你爹爹操練回來。」哪吒應道：「孩兒曉得。」

話說哪吒同家將出關，約行一里之餘，天熱難行。哪吒走得汗流滿面，乃叫家將：「看前面樹蔭之下，可好納涼？」家將到來綠柳陰中，只見薰風蕩蕩，煩襟盡解，急忙走回來，對哪吒稟曰：「稟公子，前面柳陰之內，甚是清涼，可以避暑。」哪吒聽說，不覺大喜，便走進林內，解開衣帶，舒放襟懷，甚是快樂。

猛忽的見那壁廂清波滾滾，綠水滔滔，眞是兩岸垂楊風習習，崖旁亂石水潺潺。哪吒立起身來，走到河邊，叫家將：「我方纔走出關來，熱極了，一身是汗，如今且在石上洗一個澡。」家將曰：「公子仔細，只怕老爺回來，可早些回去。」哪吒曰：「不妨。」脫了衣裳，坐在石上，把七尺混天綾放在水裏，蘸水洗澡，不知這河是九灣河，乃東海口上。哪吒將此寶放在水中，把水俱映紅了。擺一擺，江河晃動；搖一搖，乾坤震撼。那哪吒洗澡，不覺那水晶宮已晃的亂響。

不說那哪吒洗澡，且說東海敖光在水晶宮坐，只聽得宮闕震響，敖光忙喚左右，問曰：「地不該震，爲何宮殿晃搖？傳與巡海夜叉李艮，看海口是何物作怪？」夜叉來到九灣河一望，見水俱是紅的，光華燦爛，只見一小兒將紅羅帕蘸水洗澡。夜叉分水，大叫曰：「那孩子將甚麼作怪東西，把河水映紅，宮殿搖動？」哪吒回頭一看，見水底一物，面如藍靛，髮似硃砂，巨口獠牙，手持大斧。哪吒曰：「你那畜生，是個甚東西，也說話？」夜叉大怒：「吾奉主公點差巡海夜叉，怎罵我是畜生？」分水一躍，跳上岸來，望哪吒頂上一斧劈來。哪吒正赤身站立，見夜叉來得勇猛，將身躲過，把右手套的乾坤圈望空中一舉。此寶原係崑崙山玉虛宮所賜太乙眞人鎭金光洞之物，夜叉那裏經得起，那寶打將下來，正落在夜叉頭上，只打的腦漿迸流即死於岸上。哪吒笑曰：「把我的乾坤圈都汙了。」復到石上坐下，洗那圈子。水晶宮如何經得起此二寶震撼，險些兒把宮殿俱晃倒了。敖光曰：「夜叉去探事未回，怎的這等凶惡！」正說話間，只見龍兵來報：「夜叉李艮被一孩童打死在陸地，特啓龍君知道。」敖光大驚：「李艮乃靈霄殿御筆點差的，誰敢打死？」敖光傳令點龍兵：「待吾親去，看是何人！」話未了，只見龍王三太子敖丙出來，口稱：「父王，爲何大怒？」敖光將李艮打死的事說了一遍。三太子曰：「父王請安。孩兒出去拿來便是。」忙調龍兵，上了逼水獸，提畫桿戟，逕出水晶宮來。分開水勢，浪如山倒，波濤橫生，平地水長數尺。哪吒起身看看水，言曰：「好大水！好大水！」只見波浪中現一水獸，獸上坐一人，全裝服色，持戟驍勇，大叫曰：「是甚人打死我巡海夜叉李艮？」哪吒曰：「是我。」敖丙一見，問曰：「你是誰人？」哪吒答曰：「我乃陳塘關李靖第三子哪吒是也。俺父親鎮守此間，乃一鎮之主。我在此避暑洗澡，與他無干；他來罵我，我打死了他，也無妨。」三太子敖丙大驚曰：「好潑賊！夜叉李艮乃天王殿差，你敢大膽將他打死，尚敢撒潑亂言！」太子將畫戟便刺，來取哪吒。哪吒手無寸鐵，把頭一低，鑽將過去，「少待動手，你是何人？通個姓名，我有道理。」敖丙曰：「孤乃東海龍君三太子敖丙是也。」哪吒笑曰：「你原來是敖光之子。你妄自尊大。若惱了我，連你那老泥鰍都拿出來，把皮也剝了他的。」三太子大叫一聲：「氣殺我！好潑賊，這等無禮！」又一戟刺來。哪吒急了，把七尺混天綾望空一展，似火塊千團，往下一裹，將三太子裹下逼水獸來。哪吒搶一步趕上去，一腳踏住敖丙的頸項，提起乾坤圈，照頂門一下，把三太子的元身打出，是一條龍，在地上挺直。哪吒曰：「打出這小龍的本像來了。也罷，把他的筋抽去，做一條龍筋條與俺父親束甲。」哪吒把三太子的筋抽了，逕帶進關來。把家將唬得渾身骨軟筋酥，腿慢難行，挨到帥府門前，哪吒來見太夫人。夫人曰：「我兒，你往那裏耍子，便去這半日？」哪吒曰：「關外閑行，不覺來遲。」哪吒說罷，往後園去了。

且說敖光在水晶宮，只聽得龍兵來報說：「陳塘關李靖之子哪吒把三太子打死，連筋都抽去了。」敖光聽報，大怒，恨不能即與其子報仇，隨化一秀士，逕往陳塘關來。至於帥府，對門官曰：「你與我傳報，有故人敖光拜訪。」敖光至大廳，施禮坐下。李靖見敖光一臉怒色，方欲動問，只見敖光曰：「李賢弟，你生的好兒子！」李靖笑答曰：「長兄多年未會，今日奇逢，眞是天幸，何故突發此言？」敖光曰：「你的兒子在九灣河洗澡，不知用何法術，將我水晶宮幾乎震倒。我差夜叉來看，便將我夜叉打死。我第三子來看，又將我三太子打死，還把他筋都抽了來。」敖光說至此，不覺心酸。李靖忙陪笑答曰：「不是我家，兄錯怪了我。我長子在九龍山學藝；二子在九宮山學藝；三子七歲，大門不出，從何處做出這等大事來？」敖光曰：「便是你第三子哪吒打的！」李靖曰：「眞是異事非常。長兄不必性急，待我教他出來你看。」

李靖往後堂來，在門口大叫，哪吒在裏面聽見，忙開門來見父親。李靖便問：「我兒，你在此作何事？」哪吒對曰：「孩兒今日無事出關，至九灣河頑耍，偶因炎熱，下水洗個澡。叵耐有個夜叉李艮，孩兒又不惹他，他百般罵我，還拿斧來劈我。是孩兒一圈打死了。不知又有個甚麼三太子叫做敖丙，持畫戟刺我。被我把混天綾裹他上岸，一腳踏住頸項，也是一圈，不意打出一條龍來。孩兒想龍筋最貴重，因此上抽了他的筋來，在此打一條龍筋絛，與父親束甲。」就把李靖只嚇得張口如痴，結舌不語。半晌，大叫曰：「好冤家！你惹下無涯之禍。你快出去見你伯父，自回他話。」哪吒曰：「父親放心，不知者不坐罪，筋又不曾動他的，他要，元物在此，待孩兒見他去。」

哪吒急走來至大廳，上前施禮，口稱：「伯父，小侄不知，一時失錯，望伯父恕罪。元筋交付明白，分毫未動。」敖光見物傷情，對李靖曰：「你生出這等惡子，你適纔還說我錯了。今他自己供認，只你意上可過的去！況吾子乃正神也，夜叉李艮亦係御筆點差；豈得你父子無故擅行打死？我明日奏上玉帝，問你的師父要你！」敖光逕揚長去了。李靖頓足放聲大哭：「這禍不小！」見夫人來，忙止淚，恨曰：「我李靖求仙未成，誰知你生下這樣好兒子，惹此滅門之禍！」說罷又哭，情甚慘切。夫人亦淚如雨下，指哪吒而言曰：「我懷你三年零六個月，方纔生你，不知受了多少苦辛。誰知你是滅門絕户之禍根也！」哪吒見父母哭泣，立身不安，雙膝跪下，言曰：「爹爹，母親，孩兒今日說了罷。我不是凡夫俗子，我是乾元山金光洞太乙眞人弟子。此寶皆係師父所賜，料敖光怎的敵得我？我如今往乾元山上，問我師尊，必有主意。常言道：一人做事一人當，豈敢連累父母？」哪吒出了府門，抓一把土，望空一灑，寂然無影。

話說哪吒駕土遁來至乾元山金光洞，候師法旨。眞人問曰：「你不在陳塘關，到此有何話說？」哪吒曰：「啓老師：昨日偶到九灣河洗澡，不意敖光子敖丙將惡語傷人，弟子一時怒發，將他傷了性命。今敖光欲奏天庭，父母驚慌，弟子心甚不安，無門可救，只得上山，懇求老師，赦弟子無知之罪，望祈垂救。」眞人自思曰：「雖然哪吒無知，誤傷敖丙，這是天數。今敖光雖是龍中之王，只是布雨興雲，然上天垂象，豈得推爲不知！以此一小事干瀆天庭，眞是不諳事體！」忙叫：「哪吒過來，你把衣裳解開。」眞人以手指在哪吒前胸畫了一道符籙，吩咐哪吒：「你到寶德門，如此如此。事完後，你回到陳塘關與你父母說，若有事，還有師父，決不干礙父母。你去罷。」

哪吒到了寶德門，不多時，只見敖光朝服叮噹，逕至南天門。哪吒是太乙眞人在他前心書了符籙，名曰：「隱身符」，故此敖光看不見哪吒。哪吒看見敖光在此等候，心中大怒，撒開大步，提起手中乾坤圈，把敖光後心一圈，打了個餓虎撲食，跌倒在地。哪吒趕上去，一腳踏住後心。

敖光扭頸回頭看時，認得是哪吒，不覺勃然大怒曰：「好大膽潑賊！你黃牙未退，奶毛未乾，逞兇將御筆欽點夜叉打死，又將我三太子打死，他與你何仇？你敢將他筋俱抽去！這等凶頑，罪已不赦。今又敢在寶德門外，毆打興雲布雨正神。你欺天罔上，雖碎醢汝屍，不足以盡其辜！」哪吒被他罵得性起，恨不得就要一圈打死他，奈太乙眞人吩咐，只是按住他道：「你叫，你叫，我便打死你這老泥鰍也無甚大事！我不說，你也不知我是誰。吾非別人，乃乾元山金光洞太乙眞人弟子靈珠子是也。因成湯合滅，周室當興，姜子牙不久下山，吾乃是破紂輔周先行官是也。偶因九灣河洗澡，你家人欺負我；是我一時性急，便打死他二命，也是小事。你就上本。我師父說來，就連你這老蠢物都打死了，也不妨事。」敖光聽罷，罵曰：「好孺子！打的好！打的好！」哪吒曰：「你要打就打你。」捻起拳來，或上或下，一氣打有一二十拳。打的敖光喊叫。哪吒道：「你這老蠢才，乃是頑皮；不打你，你是不怕的。」古云：「龍怕揭鱗，虎怕抽筋。」哪吒將敖光朝服一把拉去了半邊，左脇下露出鱗甲。哪吒用手連抓數把，抓下四、五十片鱗甲，鮮血淋漓，痛傷骨髓。敖光疼痛難忍，只叫饒命。哪吒曰：「你要我饒命，我不許你上本，跟我往陳塘關去，我就饒你。你若不依，一頓乾坤圈打死你，料有太乙眞人作主，我也不怕你。」敖光遇著惡人，莫敢誰何，只得應承，願隨他去。哪吒曰：「放你起來。」敖光起來，正欲同行，哪吒曰：「嘗聞龍會變化，要大，就撐天柱地；要小，便芥子藏身。我怕你走了，往何處尋你？你變一個小小蛇兒，我帶你回去。」敖光不得脫身，沒奈何，只得化一個小青蛇兒。哪吒拿來放在袖裏，離了寶德門，往陳塘關來，時刻便至帥府。

哪吒進府來謁見父親。見李靖眉鎖春山，愁容可掬，上前請罪。李靖問曰：「你往那裏去來？」哪吒曰：「孩兒往南天門去，請回伯父敖光不必上本。」李靖大喝一聲：「你這說謊畜生！你是何等之輩，敢往天界？俱是一派誑言，瞞昧父母，甚是可惱！」哪吒曰：「父親不必大怒，現有伯父敖光可證。」李靖曰：「你尚胡說！伯父如今在那裏？」哪吒曰：「在這裏。」袖內取出青蛇，望下一丟，敖光一陣清風，見化成人形。李靖吃了一驚，忙問曰：「長兄爲何如此？」敖光大怒，把南天門毆打之事，說了一遍；又把脇下鱗甲把與李靖觀看：「你生這等惡子，我把四海龍王齊約到靈霄殿，申明冤枉，看你如何理說！」道罷，化一陣清風去了。李靖頓足曰：「此事愈反加重，如何是好？」

哪吒近前，跪而稟曰：「老爺，母親，只管放心。孩兒求救師父，師父說我不是私自投胎至此，奉玉虛宮符命來保明君。連四海龍王，便都壞了，也不妨甚麼事。若有大事，師父自然承當。父親不必掛念。」殷夫人終是愛子之心，見哪吒站立旁邊，李靖煩惱，有恨兒子之意，夫人曰：「你還在這裏，不往後邊去！」

哪吒只得往乾元山來。到了金光洞，慌忙走進洞門，望師父下拜。眞人忙叫：「哪吒，你快去！四海龍君奉准玉帝，來拿你父母了。」哪吒聽得此言，滿眼垂淚，懇求眞人曰：「望師父慈悲弟子一雙父母！子作災殃，遺累父母，其心何安！」道罷，放聲大哭。眞人見哪吒如此，乃附耳曰：「如此如此，可救你父母之厄。」哪吒叩謝，借土遁往陳塘關來。

且說哪吒飛奔陳塘關來，只見帥府前人聲擾攘。眾家將見公子來了，忙報李靖曰：「公子回來了。」四海龍王敖光、敖順、敖明、敖吉正看間，只見哪吒厲聲叫曰：「『一人行事一人當』，我打死敖丙、李艮，我當償命，豈有子連累父母之理！」乃對敖光曰：「我一身非輕，乃靈珠子是也。奉玉虛符命，應運下世。我今日剖腹、剜腸、剔骨肉，還於父母，不累雙親。

你們意下如何？如若不肯，我同你齊到靈霄殿見天王，我自有話説。」敖光聽見此言：「也罷，你既如此救你父母，也有孝名。」四海龍王便放了李靖夫婦。哪吒便右手提劍，先去一臂膊，後自剖其腹，剜腸剔骨，散了七魄三魂，一命歸泉。

且説哪吒魂無所依，魄無所倚。他原是寶貝化現，借了精血，故有魂魄。哪吒飄飄蕩蕩，隨風而至，逕到乾元山來。

且説金霞童兒進洞來，啓太乙眞人曰：「師兄杳杳冥冥，飄飄蕩蕩，隨風定止，不知何故。」眞人聽説，早解其意，忙出洞來。眞人吩咐哪吒：「此處非汝安身之所。你回到陳塘關，托一夢與你母親：離關四十里，有一翠屏山，山上有一空地，令你母親造一座哪吒行宮，你受香烟三載，又可立於人間，輔佐眞主。可速去，不得遲誤！」哪吒聽説，離了乾元山往陳塘關來。正值三更時分，哪吒來到香房，叫：「母親，孩兒乃哪吒也。如今我魂魄無棲，望母親念爲兒死得好苦，離此四十里，有一翠屏山上，與孩兒建立行宮，使我受些香烟，好去托生天界。孩兒感母親之慈德甚於天淵。」夫人醒來，卻是一夢，夫人大哭。李靖問曰：「夫人爲何啼哭？」夫人把夢中事説了一遍。李靖大怒曰：「你還哭他！他害我們不淺。常言夢隨心生，只因你思想他，便有許多夢魂顛倒，不必疑惑。」夫人不言。且説次日又來托夢，三日又來。夫人合上眼，殿下就站立面前。不覺五七日之後，哪吒他生前性格勇猛，死後魂魄也是驍雄，遂對母親曰：「我求你數日，你全不念孩兒苦死，不肯造行宮與我，我便吵你個六宅不安！」夫人醒來，不敢對李靖説。夫人暗著心腹人，與些銀兩，往翠屏山興工破土，起建行宮，造哪吒神像一座，旬月功完。哪吒在此翠屏山顯聖，感動萬民，千請千靈，萬請萬應，因此廟宇軒昂，十分齊整。

哪吒在翠屏山顯聖，四方遠近居民，俱來進香，紛紛如蟻，日盛一日。祈福禳災，無不感應。不覺烏飛兔走，似箭光陰，半載有餘。

且說李靖一日回兵往翠屏山過，在馬上看見往往來來，扶老攜幼，進香男女，紛紛似蟻，人烟湊積。李靖在馬上問曰：「這山乃翠屏山，爲何男女紛紛，絡繹不絕？」軍政官對曰：「半年前，有一神道在此感應顯聖，千請千靈，萬請萬應，祈福福至，禳患患除，故此驚動四方男女進香。」李靖聽罷，問中軍官：「此神何姓何名？」回曰：「是哪吒行宮。」李靖大怒，縱馬逕至廟前，只見廟門高懸一扁，書「哪吒行宮」四字。進得廟來，見哪吒形相如生，左右站立鬼判。李靖指而罵曰：「畜生！你生前擾害父母，死後愚弄百姓！」罵罷，提六陳鞭，一鞭把哪吒金身打的粉碎。傳令放火，燒了廟宇。吩咐進香萬民曰：「此非神也，不許進香。」嚇得眾人忙忙下山。李靖上馬，怒氣不息。

哪吒那一日出外，不在行宮；及至回來，只見廟宇無存，山紅土赤，烟焰未滅，兩個鬼判，含淚來接。哪吒問曰：「怎的來？」鬼判答曰：「是陳塘關李總兵突然上山，打碎金身，燒毀行宮，不知何故。」哪吒曰：「我與你無干了，骨肉還於父母，你如何打我金身，燒我行官，令我無處棲身？」心上甚是不快。沉思良久：「不若還往乾元山走一遭。」哪吒受了半年香烟，已覺有些形聲，一時到了高山，至於洞府，跪訴前情：「被父親將泥身打碎，燒毀行宮。弟子無所依倚，只得來見師父，望祈憐救。」眞人曰：「今使他不受香火，如何成得身體？況姜子牙下山已快。也罷，既爲你，就與你做件好事。」叫金霞童子忙忙取了荷葉、蓮花，放於地下。眞人將花勒下瓣兒，鋪成三才，又將荷葉梗兒折成三百骨節，三個荷葉，按上、中、下，按天、地、人。眞人將一粒金丹放於居中，法用先天，氣運九轉，分離龍、坎虎，綽住哪吒魂魄，望荷葉裏一推，喝聲：「哪吒不成人形，更待何時！」只聽得響一聲，跳起一個人來，面如傅粉，唇似塗硃，眼運精光，身長一丈六尺，此乃哪吒蓮花化身，見師父拜倒在地。

選文題解

本篇節錄自《封神演義》第十二回〈陳塘關哪吒出世〉、第十三回〈太乙眞人收石磯〉、第十四回〈哪吒現蓮花化身〉，經曾愛玲、徐培晃、陳立安三位老師節選，以哪吒成長爲主題，節錄其出生、成長、死亡、再生的歷程。

哪吒故事呈現強悍的青春生命力，強大的神力不知如何節制，惹下種種禍端，又不清楚事態的嚴重性，恣意衝撞，因此導致親子的衝突，並鑄成生命的悲劇。然而在「天命」的引導下，哪吒得以重生。

另外值得一提的是，哪吒重生之後，經師傅太乙眞人安排，強力化消親子衝突，之後父子一同追隨周武王，弔天伐罪。哪吒也從衝撞體制的叛逆少年，成爲執行天命的體制守護者。

作者簡介

《封神演義》，俗稱《封神榜》，又名《商周列國全傳》等，是一部鎔鑄大量民間傳說的神魔小說。成書約於明朝中後期。全書共一百回，以姜子牙輔佐武王伐紂的歷史爲背景，描寫扶周滅商、諸仙破陣斬將而封神的故事。

目前已知最早的《封神演義》版本是明代萬曆年間金閶舒載陽刊本，藏於日本內閣文庫。關於作者，一說是明朝的許仲琳（？～？），亦作陳仲琳，號鐘山逸叟，生平事跡不詳。

近人考據認爲《封神演義》爲陸西星作。陸西星（A.D.1520～

A.D.1606），字長庚，號潛虛，又號方壺外史。明朝時期道教人士，道教內丹派東派的創始人。少時學儒學，後棄儒學道，晚年又學佛參禪，三教合修。

閱讀指引

《封神演義》講述了哪吒從出生、成長、叛逆、回歸體制的經歷，從衝撞體制的叛逆少年，最終成爲扶周滅商的戰將。

一、哪吒成長形象變奏

哪吒是陳塘關總兵李靖的第三個兒子，出生的異象代表來歷非凡，李靖揮劍砍肉毬之舉，也暗示最初的親子衝突。哪吒七歲時在東海口戲水，天生神力又性格強悍，先後打死龍王的部屬和龍王之子，又幾經波折，哪吒不願連累爹娘，便剖腹剜腸抵罪。母親擔憂哪吒魂魄無棲，瞞著李靖建造哪吒行宮，李靖得知後憤而將其燒毀。因哪吒身負伐紂的天命，太乙眞人以蓮花化身再造哪吒肉身，又傳授多件法寶。哪吒隨之回陳塘關試圖報復李靖，但經太乙眞人安排，李靖以寶塔制伏哪吒，父子終歸和好。隨後父子皆投入周武王麾下，協助姜子牙作戰，扶周滅商。

總觀哪吒的生命，歷經多重轉折，外型的變化對應生命階段。由靈珠子降生成爲人是哪吒的第一次形變，不僅是以非凡的來歷，解釋哪吒非常的能力、性格、與經歷；以人的形象接受環境的考驗，也表示崇高而縹緲的天命，終究需要透過肉身方得以實踐。

哪吒之死是他的第二次形變。「析肉還母，析骨還父」不僅是償還父母的生養之恩，也代表犯錯後的贖罪；即便身負天命職責，也必須爲無辜的傷亡付出代價。

哪吒幽魂無處棲身，道人取蓮花還哪吒人形，這是第三次形變，新的軀體誕生了，此時的哪吒已不再是凡人肉胎，而是爲了執行天命而現的化身。

在書中七十六回，哪吒完成了第四次的形變：三頭八臂對應著不同方位，手挺火尖槍、腳踏風火輪、身佩乾坤圈和混天綾。以奇特的身型、多樣的法寶，表示非常神力的提升。換句話說，哪吒是在實踐天命的過程中成長。

在哪吒故事中，並不否認先天的殺性，重點在於將殺性導向正途。從李靖之子到衝鋒陷陣的將領；從靈珠轉世到執行天命；從剔骨還父不累雙親到化消衝突父子同心。這樣的一個具有反叛精神和鮮活生命意志的叛逆形象，是倫常文化裡的異數，卻又被納入了傳統文化和神話體系，成為被信仰的少年英雄。

二、引導輔周滅商天命的老師

在信仰中，哪吒的頭銜有中壇元帥、通天太師、威靈顯赫大將軍、三壇海會大神等等，是主管「戰鬥」的護法神。在這樣封號的背後，指明哪吒勇於衝鋒的性格，而非是文質彬彬的乖孩子。

哪吒乃是靈珠子轉世，出生不凡，雖然是背負輔周滅商的天命降生，但是在過程中，乃是透過老師太乙眞人的引導，才一步步踏上執行天命的道路。

太乙眞人在哪吒蛻變過程中，擔任重要腳色。有護短的一面，哪吒闖禍了，眞人強力周旋；有慈心的一面，當哪吒削骨削肉，一絲殘魂有賴太乙眞人收留；既是哪吒的再生父母，以蓮花重塑肉身，協助哪吒復活；也是教學策略靈活的導師，既賜予哪吒法寶神器，也精心安排，鎭壓哪吒，強勢彌平李靖、哪吒的父子衝突。

需要強調的是，《封神演義》稱哪吒的生辰犯了一千七百個殺戒，太乙眞人對李靖夫婦道：「汝子乃神聖轉世，將順合天道，輔助明君，成大事業。」然而仔細審視，哪吒在戰場上衝鋒陷陣所犯下的殺戒，才算是「輔助明君，成大事業」。至於誤殺龍子等等作為，太乙眞人雖然知道「哪吒無知，誤傷敖丙，這是天數」，但是仍讓哪吒付出「剖腹、剜腸、剔骨肉」的慘痛代價。

由此可見，「天數命定」的觀念驅動故事的發展，新的朝代將要誕生，天意不可違，冥冥之中自有定數，但是善惡報應的法則並未取消。太乙眞人正是透過對天命與報應的拿捏，引導哪吒走向正途。

三、衝突的親子關係

哪吒父子衝突的遠因，始於父母對整個孕期及生產過程的不信任。哪吒奇特的孕期、降生，代表與眾不同的存在，因此侍兒才會以妖精稱之；李靖揮劍砍肉毬之舉，也成爲最初的親子衝突。

然而父子衝突眞正的引爆點，還是從哪吒鬧海開始。哪吒殺人毀屍，龍筋獻父「孝親」的好意，把李靖嚇得張口如痴，結舌不語，然而李靖的第一反應是「好冤家！你惹下無涯之禍。你快出去見你伯父，自回他話」。隨著哪吒不知天高地厚的應對，又屢屢生事，李靖的情緒越發不滿，先說哪吒是「滅門絕戶之禍根」，後續又罵「你這說謊畜生」、「有恨兒子之意」。乃致李靖一把火燒毀行宮，打碎哪吒的重生之路。

反觀哪吒，打架鬥毆、殺人鬧事，還經常把「靈珠子下界，幫助武王伐紂」的使命掛在嘴邊，合理化自己的狂妄行爲。進一步細究，可以發現哪吒心態的複雜：起先哪吒「見父母哭泣，立身不安，雙膝跪下」；之後面對龍王的究責，自言「豈有子連累父母之理」。在建行宮一事上，哪吒既對母親呼喊「母親，孩兒乃哪吒也」，又恫嚇母親「不肯造行宮與我，我便吵你個六宅不安」；對李靖則稱「我與你無干了」。

故事末了，面對兄長木吒「天下無有不是的父母」之說，以及太乙眞人及燃燈道人的強勢鎮壓之下，哪吒與李靖言和。但整個過程中，其實是向整個文化拋出深刻的提問：不知天高地厚的少年，「無心」闖下的禍端，該如何處理？

四、神話中的哪吒精神

神話是集體的夢。歷代文藝創作中，或類比神話、或假借傳說，藉以反映或諷喻現實。非常態的行跡，雖看似荒唐無稽，卻隱藏曲折的集體心靈寄託，所以才能一代代流傳，超越時間與空間。

哪吒故事揉合中國與印度的神話傳說，歷經佛道融合。哪吒原爲佛教護法神，也成爲道教與民間傳說的神仙人物，在《封神演義》、《西遊記》、《南遊記》等神魔小說中出場。現今宗教中哪吒又稱中壇元帥、李元帥、太子爺、哪吒太子、三太子等，乃至於電音三太子，以及以哪吒爲名的影音創作，衍生出各種變形的樣貌，但原始的輪廓又清晰可見，哪吒形象不斷被注入不同的時代精神，但其叛逆、勇武的形象，始終護守大秩序的底線。

在《封神演義》裡，多次闖禍且和父親大打出手，無疑是叛逆的代表。但這樣的形象何以能打動人心？哪吒的神話是如何詮釋惡與善，進而能受到廣泛的認同，成爲俗民文化的一部分？

哪吒與「父」訣別的場面，隱藏著集體對抗君臣父子權威的叛逆血液，在現實生活中，壓抑的感受難以得到抒發，然而在神話故事中，卻得以宣洩。然而與此相應的是，哪吒同時有贖罪「剖腹、剜腸、剔骨肉」、有行善「在此翠屏山顯聖，感動萬民，千請千靈，萬請萬應」、有執行天道「將順合天道，輔助明君，成大事業」。正是豐富多面的形象，才能承載多元的寄託。

（撰稿教師：曾愛玲）

經典閱讀二

封神榜裡的哪吒　奚淞

夏日午後，九灣河像是被溽暑給逼淺了似的。抽長了葉片的柳樹因之更恣意地以墨綠的影子侵佔了河水的三分之一。這片柳樹沿河生長，水從柳蔭下靜靜地，平滑地流過，當水再度在日光下閃亮的時候，似乎已與蒼穹連結一片；湛藍的，一片雲也沒有的天空。

依稀還可以聽見一哩外，陳塘關市集裡的小販叫賣野蔬、器皿的聲音；隨著吹翻樹葉的微風似有似無地傳了過來，和著穿飛在垂柳之間麻雀的噪鳴。

太乙坐在柳蔭下的一塊青石，白髮披肩。一腳盤踞，一腳微踏在青草地上。半舊的白麻道袍順著肩胛垂下許多皺折；寬大的衣袖遮住了腳上的芒鞋。微微向前傾注的身體，像是正在觀賞野生在河灘淺渚中的蓮花。

五月裏，盛開的野生蓮花。

然他削瘦的面容沒有任何表情，眼神空寂。打晨起，他就一動也不動地坐在那兒，像棋盤上一枚被人遺忘的碁子。偶然踏落在他腳上的一隻青蚱蜢也經過一個漫長的早晨，絲毫無意離開。

蓮花搖曳著，柳葉閃著，楊花和著輕塵飄著。河水像是靜止，又像是流著；時間像是在摹寫昨天，又像是全然不同了。這些個時辰裏，太乙心中老是重複溫習著同樣的一些言語，那是在昨晚的夢裏，他至愛的徒弟紅兒的聲音，像是哀告似的——

…………

師傅，我終於得到自由了，自由到想哭泣的地步。

有時候我隨風流轉，又有時像無所不在，彷佛一個過分睡眠之後伸一個長長的懶腰，就如灰煙一樣散了。我的記憶以及記憶中的血腥都遠了。可是多麼空漠啊……如果我因為感覺靈魂重要而拋棄不合適的肉身如一件衣服，我希望能有一個我所期望的歸宿。

師傅，我希望我是河裏的蓮花……

…………

太乙早晨醒來，夢中展現的情景清晰如在目前。他匆匆來到總兵官李靖的官府，逕自走上大廳，沒有人阻止他，就像十四年前紅兒出生以及太乙收他爲徒的那天。曾經被多次延入官府占卜諸象的太乙，被一名侍衛帶至綴滿瓦缽鮮花、描紅帘巾的廳堂裏。太乙仍然能回憶及當時那股蘊鬱靜定得使人不安的香氣。夜來未曾闔眼的李靖坐在大屏風前面依舊看來英挺修偉，只是失神得有如一座蠟像。他呼喚侍兒從內室抱出初生的紅兒來，那是太乙第一次看見紅兒，一向寧靜如止水、如槁木的太乙深深地震撼了。那幾乎比普通嬰兒大兩倍，已經有了頭髮的頭多麼像一張老人的臉啊，從內部黝暗裏迸裂出來的哭聲，和連侍兒都惶恐得掌不住的手腳抽動，在虛空裏亂划著。整個身體像是陷落網罟的野兔，隨時都準備彈跳逃走。侍兒的臉色變了，李靖也中了魔似的，瞪著那團不安的東西，鬍鬚都抖顫起來。

「道人，道人，告訴我是凶是吉，這一夜嬰兒的誕生像是夢魘似地使我不安，許多異常的事……」

「大人，這是喜事……」太乙說得有些艱難。

隨後太乙斷續地知道了夫人過長的孕期，夫人數日不祥的夢，臨盆時血色的異象……

「……紅得照眼，一剎那我的眼花了，直覺地抽出腰間寶劍，準備把那團紅色的東西剁成兩半，可是哭聲，那麼可怖的哭聲使我手軟了，冷汗流個不住。道人，面對千軍萬馬我可以毫不動心，可是……」

李靖抛開侍兒手中飾著流蘇的青花綢巾，艷紅的一面紅紗裹在紅色的肚腹上，把李靖蒼白的臉都映紅了。

「最奇怪的是，他生來就……」

太乙心中一動，凝視那片血也似的紅紗

「大人，可是丑時……」

「是……」

血色仍久久停留在太乙的網膜裏，走進大廳，清晨的陽光透進鏤空的窗，斜斜描畫在鼠灰色地面上，微微啓亮。空寂無人，任何擺設和十四年前沒什麼兩樣。爲印證昨夜的夢，太乙就一張木几緩緩坐下來，眼心相連，漸漸澄清心中的雜念。

一點如絲線般的聲音慢慢揚起，像是應和他的期盼似的，逐漸加強，迴繞，最後嗡的一聲停止了。太乙冷澈的眼光箭也似準確投向廳堂中央的地上，在光和影交界的地方，一隻綠頭蒼蠅正渴慾地落在灰泥地上，拼命吸吮著，太乙於是看見了模糊隔夜的血腥。

…………

師傅，我的出生是一種找尋不出原因來的錯誤。從解事開始，我就從母親過度的愛和父親過度的期待裏體會出來了。他們似乎不能正視我的存在，竭力以他們的想法塑造我，走上他們認許的正軌。

父親希望我能和兩個哥哥一樣學文習武，變成優秀的將才。一點不錯，我樣樣超出了他的要求，非但哥哥們竊下妒嫉我，有時父親看見我異於一般孩兒的膂力，也由嘉許變了冷然的臉色，我看得出在他淡薄的鼓勵言辭的背面有異樣的神情。相反的，母親總把我看成應該如同襁褓中的嬰兒一般地享受愛與安全。我也滿足她，除開操練學習的必要，從來不像同年齡的少年一樣出去野。常常地，我奔向她的膝頭，不是跪下請安，而是伏在她柔軟的膝頭，讓她又笑又罵地享受愛撫我的樂趣。然而，在她的快樂中，我也敏感到她自己都不願意看見的不安——這孩子怎一點也不像他的兩個哥哥呢？

不錯，我生活在矛盾中，然而所有可能說出來的矛盾還都只是一個假相，我咀嚼到更深的苦味……

…………

一陣斷斷續續抽咽著的歌聲沖散跪在地上哀訴身世紅兒的薄影，太乙清清自己的神智，站起身來，踱到玄關前可容二人合抱的木柱前。天空已經完全破曉了，鳥雀叫得很響，園子裡的牡丹和木樨的花朵飽含露珠。太乙看見紅兒的跛腳書僮四氓正坐在牆角土坡上，傍著盛開的花叢，正像白痴似的兩手抱著畸型彎曲的兩膝，身體前後搖晃，眼睛空茫，哼著誰也不懂的歌。好一會，四氓才看見太乙，慌忙起身，深深地向太乙跪拜，淚水成串滴落在乾燥的紅土地上：

「道長，道長，三公子去了，我親眼見他乘西天的紅雲去了。在老遠老遠的天際，他還向我招手，笑著說：不要愁，不要愁。有一天我會來帶你一道去，教你很大的法力，你可以像燕子一樣地飛，像羚羊一樣地跑跳。道長……」

太乙看著低俯扁而窄頭顱的四氓，以及合不攏雙膝可笑底跪伏模樣，淚水也不斷在紅土上迅速化開。

「四氓，我都曉得了，你起來罷！」

四氓像賭氣倔強的孩子似地不肯把醜陋的面孔抬起來：

「道長，我心裏一直明白三公子是神靈遣到人世來的，他是那麼完美。自從我還只是府裏一個卑微的花匠，少爺還不滿七歲的時候，第一次我看見他帶著象牙的小弓，在院子裏模仿老爺開弓射箭的姿態，我就著了迷，那完全不是一個七歲的孩子，在他身上看不出年齡，雪白的皮膚，墨也似的髮眉，已經十分結實的肌肉，還有他那雙閃著冷靜和幽微光芒微微吊梢的雙眼……他轉身看見我了。一絲笑容都沒有，他盯著我看，眼睛一眨都不眨。我想我當時一定傻了。提著幾株花苗，我想到我自己可笑的模樣，是從沒有人要看，不值得一看的。三少爺看得我發了慌，我以爲因了我的醜和殘缺，他要重重地處罰我，直到我發覺他的眼中有了寬恕和憐憫……

我跪了下來。那不是一個孩子，我跪了下來，是爲了神明……

後來，他向老爺要了我作書僮。何等的榮耀，我眞願意把我的一切去墊他小小的腳所踏過的地，我生怕我長久出現的醜臉會惹怒了他。我躲在灌木叢裏，看三公子裸了上身，彎弓射天上的雁。著啊，箭不偏不倚地穿過嬌小的雁首，垂直墜落土地。像是從公子年輕的身體裏有無限以他爲中心的力之線，一切都是他的囊中物。我禁不住鼓起掌來，興奮地叫起好來，他拾起羽毛十分美麗的雁屍。因了我的聲音回轉頭，冷冷的、憐憫的、悲傷的……我嚇得趕緊再跨進灌木叢後面。

公子喜歡把射死的雁雀鳥獸掛在房中的牆上，可以痴痴地看一整天，沒有表情也不說話。悶得發慌的我常想編幾句最動聽的話來讚美他的成績，但都梗在喉頭。那是不適宜的，對三公子……

那天老爺特地從軍營裏帶來了一個少年軍官，聽說是那一隊裏槍術最好的，十八、九歲很英武的軍人。老爺叫三公子學習他的槍法，公子看起來很高興，平常很少有玩伴的他，很快就和軍官廝混熟了，隨後你一刀我一槍地在花園裏練起把式。

我正看得起勁，突然唉呦一聲，少年軍官抱著腿倒在地上，一支短槍整個沒進他的股裏，鮮血泉湧似地迸濺一地。三公子嚇得哭起來，我從來就沒看見三公子哭過，我是怕血的人，但這哭聲倒反比血更使我驚怖。我昏了頭忘了一切顧忌，跑上前把三公子抱在懷裏——我這個畸曲醜怪的人，竟敢抱公子的身體。公子渾身透涼。我說、我說：莫哭、莫驚、他只是一個普通人，泥做的人，你是天上的神，人怎能和神比刀弄槍，他傷了是他該受。

可是公子在我懷裏哭成了個淚人，我也禁不住大哭一會，老爺鐵青著臉來了，命人把軍官抬出去救治，又叫人把我拉開一旁，一言不發揮手打了我十來個耳光，把我的臉打成兩個大。你不曉得我當時有多驕傲，眞是一生中最驕傲的事，因爲我抱過了公子的身體，爲他受了過，我希望臉上紅腫的指痕永不消褪，我要高高地昂起頭給每一個人看，這是證據，證明我和少爺有關聯的證據……」

…………

師傅，我想世界上唯一瞭解我的只有你罷，要不你怎麼不教我任何事情，只教我在愁煩時多看天上的雲呢？是的，東部平原上的賊子們眼見就要造反，兩個哥哥正摩拳擦掌打算一展身手。後城的窮人聚集在低矮的茅屋下，女人裸露著手腳，飢餓地帶著色情挑逗的眼光閒蕩，自稱是西坟崗的狐狸。師傅，我害怕。

我常常坐在樓上的房裏，兩手緊握，雙腿縮攏，只靜靜地觀看浮雲消逝在窗外屋簷的邊緣，我用這種凝望來計算什麼也不做的時間。有時候我竟忘了我正在長大、竟恍恍惚惚地感覺到了快樂。但是偶爾劃空而過的雁啊——把我一下子擊個粉碎。美麗的、伸展著巨翼的雁，是如何地中矢墜落啊——我看見雁飛，手膀的筋肉就不聽話地自行彈跳起來，彷彿在催促我，去取弓、去取箭、去嘗一嘗使大力得到鮮血的滋味。冷汗於是便滲滲地地從額頭垂掛下來。

我多麼愛那些天空飛著的雁，林中無罣礙的獸和我曾經有過的一些同伴，可是鳥獸成了屍體，同伴不是被我的力驚走了便是受到傷殘，我簡直不能測度出我有多大、多強、背叛我的、我自己的膂力。我的心在身體的經歷和磨練中漸漸地定型，那形狀如果不是意味著殘缺又是什麼呢？

再也不可能有一隻完整高飛的雁了，從我的眼裏出發。

只要是活著的東西走進我的內裏便成了死亡，在那最深處幽冥的小房間裏，已經掛滿了我鍾愛的屍體。包括一位少年軍官，他曾經因為中了我一槍，流血過多，死了。

唯一伴著我的生命是四氓，頭腦不清的，手腳獅子似蜷曲的，臉孔可厭的。為了厭憎，我倒要了他。可憐的四氓，常常受到我的恐嚇，有時在惡躁無聊的時候，我可真是以恐嚇他取樂的。啊啊，師傅，你曉得你最愛的徒弟有時也是刻毒的嗎？記得大約兩個月前，四氓在我門外守了整個下午，終於忍不住探首進來看看我在做些什麼。我正等著這機會，用眼光我可把他逮住了，我集中全力看著他，穿透他的眼，直探到他心裏去，我看到怯弱、害怕、失望……他像泥塑木雕似地被我用眼光釘住了。我喝問：「你站在那兒幹什麼？」他說：「我想陪陪你，公子。」我說：「你配嗎？」他無聲地哭起來，全身抖顫，吶吶地說：「我不配。」可是，確實無疑的，四氓是配的。單看他能在我跟前活了這麼多年就明白了。他是我內心殘缺的形相化，我傷不了他。從此開始，我再也不偽裝自己來滿足父母了。

父親和兩個哥哥天天起勁地操練軍隊，隔著老遠，我可以聽見沙沙兵士疾走的聲音。我病臥在床——這是我免於上場唯一的理由。我知道父母對我的不滿已經醞釀到爆炸邊緣。為了這原故，他反倒避著見我，怕見了我會動起更大的怒氣。母親一天總上來十幾次，有時不敢說什麼，只無限憂慮地坐在床沿，有時用輕柔的話問我：「紅兒，這樣的大暑天，裹著棉被不難受嗎？」我冷淡地回答：「不。」：「紅兒，你不去參加你哥哥們嗎？」我依舊只答一個字：「不。」她沉吟了一會，略有些安慰地說：「這樣也好，免得去參加那些流血的戰事。」我乾脆用被連頭裹了。

事情發生的那天下午，彷彿一切都有著徵兆似的。陡然暑熱起來的天氣，一點微風都沒有。鴉群在園裏嘈吵著，操場傳來大群步移動在沙地上的聲音和不時一兩聲作為號令的擂鼓點子，鬱鬱地傳過來，好像是要在無限的沉悶中催我上路。我焦躁不安到了極點的時候，驀然一道愰愰的青色影子像冰涼的手一樣拂過我發熱的頭。我開始渴想到有河的地方去，像是赴一個老早就準備好了的約會。我於是叫四氓偷偷地給我備馬。

從後花園的小門，我們迴避別人的注意溜了出去。園外的小池和涼亭都籠罩在濃重如煙的暑氣中，池魚也傍著假山石的陰影裏瞌睡不動。我們靜靜地溜出關口，正離城不遠的時候，突然天穹輕雷連珠爆響，灰藍色低垂的大氣化作千萬雨絲落了下來，彷彿是特意來解我的焦渴。我勒住馬，任雨浸透我的頭髮和衣衫。立腳處已是曠野一片，土地發出嘶嘶的聲音。四氓有些畏縮地躲在我馬肚子底下。當雨水漸止，大氣變得水晶也似的透明而涼爽。雖然還隔了一哩多遙，我可以清楚看見在我出生之前就已經流著的九灣河，像一條正在竄行於草叢中的蛇一般，在遠處明晃晃地閃著。我突然起了極虔誠的心，傾向於那條河。

我於是下馬，叫四氓先騎到柳樹林去放放腿。四氓手忙腳亂、三番兩次上不去，我一把將他推上馬，用力拍了一下馬股，四氓這才左傾右斜地跑走了。我覺得很開心，河水越來越近，流水潺潺地響，又好像無數透明發亮的魚蝦在匆忙地接喋。我把衣服一件件脫下，順手扔在走過的路邊，當我到了河邊，已經完全赤裸了，只剩下腰間一向圍著的紅紗巾。當我走進淺水，輕如蟬翼的紗巾隨水波飄了起來，我這才注意到它，自小，我就把它當作理所當然的東西給忽視了。我突然想到，帶著它是毫無意義的。當河水浸拍到我的胸膛，紅紗巾像是懂得我心意的自動離開了與我身體的纏結，隨水波飄走。奇怪的是——師傅，在與它分離的一剎那，我覺得我的一切都變得無足輕重，我長久的憂煩都隨它去了。然後……我以為是錯覺，以為是孿生於我水中的倒影，從生著茂密蘆草和蓮花的淺水裏，他冒了出來，一手撈起了那條紅紗巾。清澈明亮的水珠順著他被蓮葉映照得微青的胸膛往下滴，他把紅紗巾圍上了他的肚腹，露出一口細緻的白牙，他衝著我調皮地笑，彷彿要打破我的幻覺似的，以金屬般的聲音說話了：

「這可是你送我的？」

「不，我送給河的。」我說。

「我就是河。」他笑出聲，同時向我撲了過來，在藍色天穹的背景下，他張開的兩脅，帶起蝶翼鱗粉一樣紛飛的水滴。我也笑了起來，可是他已撲到我的身上……

師傅，師傅，我到現在還不能相信，那是不可能的，水中幾個翻滾之後，他的手臂鬆開了，身體無力地浮起來，竟是一具屍體……

河水變得冷澈透骨，在五月的盛暑天氣，我完畢了我的洗浴，波光粼粼流動的水帶走了圍著紅紗巾的一個身體……

師傅，對於天上的雁、林中的獸，我克制不了犯了血的罪。可是，這一次，我似乎完全不能正確地追憶出當時的情況。是那天的下午、由於渴望清涼的河，我涉水沐浴，殺死了一個不知名的少年嗎？我仔細地歸納我的過去，我知道，我將付出代價……

…………

哭泣的聲音不斷迴射在幽冥的山谷裏，漸漸弱了。四氓仍舊叨唸著一些毫無音調的言語，太乙沒有注意聽，但是四氓突然亢奮起來的聲音，使他的心一下子回到了官府的花園。

「那眞是一匹漂亮的馬，黑得發亮，比人還高出一個肩來，四蹄是白的，公子替牠取名叫踏雪。除了少爺，從來就沒人敢騎牠。那天少爺叫我騎了先到柳林子裏去瞧瞧，老天，眞像騰雲駕霧一樣。從小我的腿就不靈便，行路對我而言是最大的苦事，可是第一次我感覺我是飛起來了。兩旁的風景和錯映的柳樹都被風吹得往後倒，等踏雪好不容易緩下步來，我看見一幅奇怪的景象，圖畫也似的靜止，兩個少年站在及腰的淺水處一動也不動，彼此凝視，連天穹美麗巨幅的雲卷都凝止了。一個，自然我認得出是公子，另一個，啊，道長，我該怎麼說呢？人人曉得九灣河有個專司陳塘關地方雨露的河神，是東海龍王的兒子。如果不是他，爲什麼那個少年通體透青，且有著鱗紋。然後他們似乎起了什麼爭執。我下不了馬又隔得太遠，聽不見他們的言辭。我看見他向三公子撲了過去，我的心都跳上口腔，水波被他推得有人那麼高，白花花的，公子就和他在水中廝打起來……

踏雪一聲嘶鳴，高舉前蹄，把我從馬上一跤摔下來。等我迷迷糊糊站起身來，公子已經穿好了衣服，白得像紙上描畫出來的、公子的面孔，頭髮猶自滴著水珠。不，我似乎察覺到公子在淌著淚，我預感到禍事臨頭。但在心中我還是告訴自己：公子是神，公子什麼都不怕。可是河水是那樣平靜，剛才河神的出現，可只是我騎馬騎昏頭的一個幻象。後來，到那事發生，我才知道公子殺死了他。

回到家裏，已是黃昏時分，公子悶聲不響回了房。我悄悄溜進花園，幾個侍衛仗著長矛倉皇地站在桂樹邊，似乎發生了什麼嚴重的事。我上去問了好幾遍都無人答理，還是那個與我比較相熟的長伍告訴我：三少爺闖禍了。

西斜的陽光照在高大的白粉牆上，反射進四面透空的大廳和長廊。一會，幾個丫鬟扶著夫人疾步走了過去，我看見她們由大廳的後道穿進去，躲在大廳的屏風後面，似乎在探聽什麼重要的機密。夫人的臉色雪白，似乎已經哭過了。我這才不顧老爺的禁忌，躲在西邊的窗格上偷看。奇怪啊，我一向以爲老爺是最偉大的，可是我分明看見一個身穿白袍，長鬚的中年人居然坐在老爺的上位，老爺竟坐在側席。

黃昏的陽光在新刷白的粉牆上反射得很厲害，一寸一寸移轉在大廳裏，朱紅的光漸漸照上白衣人的臉，我看見他驀然從懷裏抽出一條紅紗巾來，嚴酷削薄的嘴向下彎成了一個弧形，他高聲地嚷：

『有了這個證據，看你如何護短！』

我看見老爺也變了臉，聲音都抖顫起來，奇的是一個脾氣比誰都火爆的他，竟低聲下氣，向他一再解釋，說是三公子臥病在床，絕對做不出殺人的事來。

我嚇的六神無主，可是東海的敖光來向他兒子討命來了。我看來看去，白衣人只是個普普通通的文士。可是我平常也和蠶房裏的嬤嬤聊過天，說過龍王的故事，敖光若是會出現在城裡，那裏會以眞身示人。這時候，廳裏的光線越來越強，四面粉牆交互折射的夕陽餘暉飛快地轉移在廳堂內。我的眼眩了，白衣人的身體彷彿在光線裏暴長，白衣飄動如在風中，似乎要隨時顯出龍身來向老爺威脅。確實的，老爺縮小了，害怕得厲害。三公子似乎也察知前廳發生的事，帶著他那把慣常把玩的鑲玉小七首，飛也似地由長廊跑向大廳，未乾透的頭髮尚貼黏在額上，臉上透出稜稜的殺氣，五官的形狀都變了，眼睛斜撐著，好怕人。我一把抓住他的衣袖，哭著求三公子千萬不能進去和龍王爭吵，他摔開了我。大廳裏的光線轉成硃砂那麼紅，我不敢再看下去，我只是個卑賤的小人，萬一龍身顯示，我只有死路一條，我甚至用手塞緊耳朵，可是依舊可以聽見老爺大聲叱罵三公子的聲音，說是什麼惹了滅門之禍什麼的，還提什麼從公子出生就帶了不祥的紅紗巾什麼的——

然後我聽見婦人掩抑不住的哭聲，叫兒的聲音，很微弱，可是我知道是屏風後面的夫人。在延續的哭聲中我聽見公子的聲音，一個字一個字，彷彿由牙關裏咬出來：

『我是個罪人，所作所爲不能報答父母對孩子的期望。今天闖的禍一切由我一人承當。但是我心裏只想到母親所鍾愛、撫育過的、我的肉身，以及父親所寄望我成立人間功業的骨器，原都只是父母所造成的，今天我犯下了連累父母煩心的大罪，我只有把屬於你們的肉和骨都歸還給你們，來贖我內心的自由——』

鏘然一聲，是小匕首彈動的音響，我急切扶上窗格，只見移轉的夕陽已紅得像血也似照著廳內的每一個人。三公子跪在廳內的正中央，袒開了肚腹，右手的小刀高舉，柄上的寶石光閃閃發亮。那是最後的一道光芒，然後大廳暗了下來……

我不知道到底是我慘厲地叫了一聲，還是出於他人的喉嚨。我不知道到底是我的眼睛昏黑了，還是太陽突然掉落山去……」

…………

師傅，我的哭泣並非虛幻，雖然此刻的我比一粒微塵更輕，比蝶翼更薄。我四處遊轉一無定處，可是我的心還是愛著這個世界的。對我而言，天上飛的，地上蕃滋的，都是太美的負荷。我曉得東部平原上的戰事就要開始，兩個勇武過人的哥哥即將率領精兵走向沙場。我的紅紗巾展開時，我看見成千的屍骸，嚎哭的婦孺，旋飛的兀鷹——這是為明天的世界的奠基，可是明天的信仰又是什麼呢？我看見出賣色相的婦女，我提過的，在後城，為飢餓和慾望所驅逐，四處遊走，如果真有一種大滿足足以填她們的渴欲，她們不會再繼續出現在泥濘的街角，且蕃滋脯育出渴慾的下一代。一天繼續著一天——當我脫離自己的憂煩，才發覺這天穹太藍，而天穹下的……

那天我拿著匕首，下定決心，要得到我的自由。可笑的，我的書僮，四氓淚漣漣地抓住我的衣袖，說：「公子，公子，你不能去。你是神，你不要離棄我。」

我忍不住淚水。可憐的、殘缺的四氓，我說：「四氓，我是神，神有神要走的路，等我去了，我不會忘記你，有一天我會教給你無上法力，你可以飛得像天上的燕子，跑跳得像山野裏的羚羊……」

我終於用血償還了我短短人間一些所有虧欠的。我得到最終的自由，我可以俯臨人世。沒有時間、空間的世界於是變成平面的圖畫，無一處不和諧。我應該快樂，可是師傅，就如你聽見的，我還是在哭，忍不住的眼淚使我還想加入到世間的不完美裏去，而且，在眼淚裏，我看見波光粼粼的河，就像是在那個五月的下午……

…………

四氓抬起頭，淚痕已經乾了，窄小哭紅了的眼睛在稀薄的眉毛下閃閃發亮，他恢復原來的坐姿，傍著盛開的蕃紅花，又開始前後搖擺起身體，哼哼哈哈地唱起歌來，似乎忘了太乙的存在似的，夾雜著曖昧含糊的獨白：

「公子捨下了他的身體，駕著彤雲去了……也許他會在快樂裏把他可憐的四氓忘了，可是只有四氓我知道公子只是來人間走上一遭的神明……我要爲他編一首歌曲，唱給街上的孩子們聽……許多許多年前，陳塘關總兵官的夫人，生下了一個紅色的彩球，散出三尺寶光……他爲了要獲得更高的法力，他把肉還給母親，骨頭還給父親，笑嘻嘻地駕著雲飛走了……」

四氓突然停下來，微側著臉，懷疑地問自己：

「不過，公子的身體已經留在濺血的廳堂裏了，乘著雲飛走的該是什麼樣的形體呢？讓我想想……」

打早晨離開官府起，太乙就一動不動地坐在九灣河的柳蔭下，像一枚被人遺忘的碁子。落在他腳上的一隻青蚱蜢也絲毫沒有要離開的意思。

楊花和著輕塵飄著，新綠的柳葉閃著，蓮花搖曳著。河水像是靜止，又像是流著。時間像是在摹寫昨天，又像是全然不同了。

…………

……那天下午，我脫下自己所有的衣服，隨手委棄在經過的路邊。我走進九灣河的淺灘，沁涼的水，野生的蘆葦輕拂著我的胸膛，閃爍的水光充滿我的眼。我想一直走下去，可是盛開的蓮花的香氣留住了我……如果說我仍有權留戀的話，如果在我得到無限的自由之後仍然有所要求的話，師傅，在那條我犯了罪的河裏，讓我變成自開自落的蓮花……

…………

想到四氓未編完的歌，太乙竟莞爾笑了起來。他站起身來，拍拍在膝上的輕塵。走向河岸，將那朵開得最無顧忌，向岸上橫伸上來的紅蓮摘下，勒下花瓣，就著水浸白的砂岸，鋪成三才。又折斷蓮梗成一段段的骨節，接著上中下、天地人鋪成卜象的圖影。太乙靜立，端詳圖形良久良久……

「紅兒，痴徒，你到了這個地步還要向師父要一個形體嗎？這鋪在地上的，就是等你來投化的身體了。這樣，四氓的歌曲就會有了一個很美的尾巴——哪吒棄捨肉身，化身蓮花，變成無上法力的神人……」

不知過了多少時辰，天候漸漸晚涼起來，微風吹動著太乙的衣裾。陰影落下來，埋沒了太乙的眼睛和鼻樑，守候著，守候著，站在等候魂魄來臨的蓮花圖形前面。倦鳥回巢了，空氣那麼靜寂。漸漸地，太乙的左眼亮起了一朵端麗的蓮花，右眼也亮起了另一朵，可是在心中，不偏不倚地它們合併成一朵，在永生的池邊。

選文題解

〈封神榜裡的哪吒〉發表於1971年，是奚淞發表的第一篇短篇小說，可視爲奚淞的代表作。

本文改編自中國神魔小說《封神演義》，融合全知視角與心理獨白的寫作技巧，重寫哪吒與父親李靖無解的衝突，以全新的手法，塑造全新的形象、賦予全新的意義。

本文以親子衝突爲引，選擇剔骨還父、割肉還母以贖自由的過程與心境，衍生出生命存在的本質思考，除了應和時代思潮，也是奚淞自身內心困頓的文學外顯，更是他「從東方傳統追根溯源，尋找古人賴以安身立命的思維」（《三十三堂札記》）的成果呈現。

作者簡介

奚淞（A.D.1947～），本名奚齊，出生於上海。國共戰爭時，隨親友遷徙到臺灣。就讀國立藝專美術科，畢業後轉赴法國巴黎美術院留學。回臺後曾任職於《雄獅美術》、《ECHO》、《漢聲》雜誌。

奚淞幼年來臺之初，因寄居親友家以及原生家庭關係複雜之故，使奚淞產生對生命與身分的不確定感，從而探索著長輩的愛與自身存在定位，處於介入世界抑或遁離群眾的矛盾中，苦於人／我關係的界線，自言是「天生的憂鬱症」。渴望了解他人悲喜並與之溝通分擔的性格，使奚淞走上文學創作的道路。

奚淞主張藝術應該來自於生活，並與生命相連結，進而提出「文藝金字塔」的概念，讓孩童在美的氛圍中長大，厚實金字塔的基座結構，如此便可建構出具有文化特色的文藝金字塔。有鑑於此，奚淞極爲關注傳統文化、民俗鄉野調查，並用心於大眾文學與兒童教育的推展。中年之後因母病而潛心佛學，創作題材再添佛經故事與白描觀音系列，繪畫手藝與學習佛法並進，因而自稱爲「學佛的手藝人」。奚淞可說是融藝術、純文學、通俗文化、佛學等專長的多元作家。

閱讀指引

《封神演義》是結合武王伐紂的歷史、神話故事與道教仙法的神魔小說，創造了許多鮮活的經典角色，歷代戲曲影劇不斷傳衍改編。

奚淞〈封神榜裡的哪吒〉先是將哪吒由原著裡的七歲提升到十四歲，再剪除哪吒遠箭射死碧雲童子以及重生後尋父復仇的情節，在不變動結局、忠於原著的範圍內，深入哪吒內心世界，重塑一個更貼近當代觀點的青年形象。

一、從神魔類型到青年成長主題

《封神演義》裡的哪吒，是一位充滿野性與生命力的孩童，年紀雖小卻法力無邊，無所畏懼，戰鬥力強盛。奚淞的改寫則著重於青少年不爲父母理解的抑鬱之苦，著重內心世界的獨白。

三年零六月的孕期、丑時降生、裹身肉毬、隨胎紅紗巾等出生異象，都引發父母「此兒不祥」的憂慮，連與生俱來的天生神力也被視爲異類。傳統戲劇裡風風火火、叛逆不羈的哪吒，到了奚淞的筆下，則成了鬱鬱無助、哀哀傾訴的青少年。

如同奚淞自己對哪吒的解讀：「生命存在的大疑，渴望被認可、肯定的棄兒心結，捨凡證眞的無上悲願，哪吒神話傳說在在牽動人們的集體潛意識。」奚淞聚焦於青年成長的主題，探討青年成長過程中的匱乏與需求。就哪吒而言，在嚴父李靖的諄諄期待，以及慈母全然的愛護之下，之所以產生存在的焦慮，乃是因爲缺乏父母的理解與認可。

哪吒內心碎裂殘缺，加上嗜血殺生頻頻闖禍，因而感到自己的出生「是一種找尋不出原因來的錯誤」，否定自我存在的價值，「生活在矛盾之中」，隱縮在房間什麼都不做，「靜靜地觀看浮雲消逝」、「竟忘了我正在長大、竟恍恍惚惚地感覺到了快樂。」

幸而太乙眞人彌補哪吒的匱缺，作爲師父，太乙眞人全然接受這個徒兒，不論是優秀、怪異或是叛逆，接納這個生而如此的獨立生命，認同、給予幫助並細心聆聽其心。

二、從心理獨白突顯人物特質

從寫作技巧來看，首先，不同於《封神演義》以順時序方式敘事，奚淞選擇以倒敘手法開展故事。故事伊始，太乙即夢見徒兒哪吒魂魄的哀告，主角已死，呈現結局底定的宿命感，然而這個拋棄肉身已獲自由的靈魂，卻還是在哭、「還想加入到世間的不完美裡去」，無助青年的悲愴語調籠罩全篇。

其次，哪吒魂魄與新創角色書僮「四氓」，採用大篇幅的心理獨白，除了交錯補述前因後果，也呈現哪吒內心的困頓、人格的特質。哪吒與四氓分別敘述自身所見，卻各有偏重。在四氓眼裡「三公子是神靈遣到人世來的，他是那麼完美」，而被哪吒殺死的軍官「只是一個普通人，泥做的人，……他傷了是他該受。」四氓觀點等同於崇拜者視角，目的是突顯哪吒的「神性」特質。而哪吒的叨叨獨白，則是當事者現身說法，除了塑造「傾訴」的效果，讓少年得以暢所欲言，盡情吐露父母未曾知曉／無耐心傾聽的矛盾與掙扎之外，更強化哪吒的「人性」特質，將哪吒還原成一般少年，化身爲苦悶青年的代言人。進一步來看，哪吒與四氓正是「心殘」與「形殘」的對比。關於四氓這個新創角色，奚淞賦予他殘缺醜陋的形象——「扁而窄的頭顱」、「手腳獅子似的蜷曲」、「合不攏雙膝」、「臉孔可厭」，是哪吒「內心殘缺的形象化」；因此，哪吒以捉弄恐嚇四氓取樂，正是對矛盾自我的自嘲與厭棄。

最後，全文刻意營造一種紅色、血腥的氛圍，例如「臨盆時血色的異象」、出生時紅色的肉毬、「夕陽已紅得像血」、「大廳裡的光線轉成硃砂那麼紅」、「我克制不了犯了血的罪」等，此外，隨胎帶來的「血也似的紅紗」彷彿是哪吒的原罪象徵，種種紅／血的意象，不只成爲暴力流血的諭示，也烘托出血氣方剛、躁動叛逆、隨時可能爆裂肇事的青春期少年樣態。

三、親子倫理的靈魂拷問

哪吒故事裡，最驚心動魄的情節高潮，當屬剔骨還父、割肉還母（一段），激烈決絕，深刻叩問親子關係。

哪吒選擇自戕的原因，除了以命抵償殺人罪孽、不連累父母之外，奚淞的改寫更強調父權宰制所造成的壓力。如哪吒所說：「他們似乎不能正視我的存在，竭力以他們的想法塑造我，走上他們認許的正軌。」哪吒苦於獨立的生命個體卻沒有自主的權力，只能走在父母規劃的軌道上。「我是個罪人，所作所爲不能報答父母對孩兒的期待。……我心裡只想到母親所鍾愛、撫育過的、我的肉身，以及父親所寄望我成立人間功業的骨器，……，我只有把屬於你們的肉和骨都歸還給你們，來贖我內心的自由。」從哪吒的視角說明了親子衝突由來：父母自以爲握有主宰兒女命途的權力。所謂「父爲子綱」，子女未能滿足父母的期待、不從安排，將被斥爲「不肖」與「不孝」，若要取回生命的自主權，便如同哪吒一般得付出返還骨血、切割關係的代價。

若再與原著對比，《封神演義》哪吒將肉身返還父母後，不滿李靖砸毀其金身，進而展開一系列復仇行動，「弒父」主題隱然生成，是對傳統父權的大叛逆。而〈封神榜裡的哪吒〉不言及尋父復仇情節，僅止於托蓮復生，是否是一種仍帶有父子孺慕的溫和抗議並且期待溝通？

紀伯倫《先知》曾言：「你的孩子不是你的，他們是『生命』的子女，是生命自身的渴望。」該如何處置親子關係，不論古今或東西方，都是深刻的議題。

四、神話傳說的異想瑰寶

永生不老、法力無邊的神話人物，承載集體的想望與恐懼，人世的眾生相，幾經凝縮昇華，以神話傳說的面貌，一代代流傳，各種改寫無非是在處理生命永恆的命題。

哪吒以其近乎凡人的愛憎、超乎凡人的作爲，反激起人性的思考，形象極其豐富，是以能承載反覆的改寫。既是神壇上受香火供奉的神祇，也是民俗藝陣裡跳電音舞曲的三太子，是電影、小說裡叛逆青年的代言人，甚或是讓異國認識臺灣的文化象徵。

由神到人、再到文化象徵，渾身衝勁的哪吒形象，不斷衍異，乘載種種異想，積累成繽紛的文化瑰寶。

（撰稿教師：洪英雪）

多元思考

1. 血緣注定了一輩子的關係。父母對兒女有期許，然而每個孩子又有自己的天賦和個性，成長過程中親子衝突難免。成年以後的我們，該如何面對？並且從過往情境中自我超越？
2. 紀伯倫在《先知》一書裡提到每個孩子都應是獨立的個體。然而既是獨立的個體，就必須獨力面對難關；又有另一種親子相處方式採諄諄教誨，在「手把手」引導的時候，也限制了道路。試問你如何看待這兩種教育方式？

延伸閱讀

西西：〈陳塘關總兵府家事〉，《故事裏的故事》（臺北：洪範書局，1998）
吳建衡：《台灣三太子出巡囉！熱血壯遊72國》（臺北：流行風出版社，2014）
蔡明亮導演：《青少年哪吒》（台聖，2004）
馮凱導演：《陣頭》（得利影視，2012）

請沿虛線剪下

作業練習

1. 奚淞在〈封神榜裡的哪吒〉裡，讓哪吒在親子衝突中能夠暢所欲言，盡情吐露內心苦悶，道盡青少年成長的困境。而父親李靖的苦衷卻沒有機會說明。請化身為李靖的角色，書寫一段心理獨白闡述父親的心聲。
2. 青年吳建衡懷著「環遊世界、推廣臺灣」的夢想，將哪吒三太子打造成「形象大使」，帶著哪吒的巨型「偶」遊歷了印度、衣索比亞、墨西哥、貝里斯、巴拿馬等72個國家，拍攝成「讓世界認識臺灣」的影片。哪吒儼然成為臺灣的文化象徵。你覺得還有哪一個故事的人物，也可以打造成為臺灣文化象徵？為什麼？

請沿虛線剪下

下卷　文化的傳衍

第八單元

地景中的文史軌跡

吳東晟、徐培晃

單元理念

世界是個大舞臺，見證了一代一代的人世興衰。前人的生命已然遠逝，但他們的身影、大歷史的關鍵時刻，卻透過各種方式，留存於世。一代又一代的人不僅登上舞臺，同時也在打造舞臺。人文的痕跡銘刻在地景，在詠懷過往的同時，又得到什麼啓示？

遠眺超越的價值，即使人事有代謝，山形依舊枕寒流，總有最核心的景仰，超越空間的隔閡、時間的更迭、族群的差異，契入人心，例如人格精神的號召，例如透過山河大地凝視永恆。

注視當前的處境，仔細反省：我們把土地開發成什麼模樣？當前人懷抱著安居樂業的企盼，在此落地生根，時隔數百年，當時的夢想成眞了嗎？陳列〈人在社子〉在數十年前提出的問題，如今解決了嗎？

經典閱讀一

蜀相　杜甫

丞相祠堂何處尋？錦官城外柏森森。
映階碧草自春色，隔葉黃鸝空好音。
三顧頻繁天下計，兩朝開濟老臣心。
出師未捷身先死，長使英雄淚滿襟。

西塞山懷古　劉禹錫

王濬樓船下益州，金陵王氣黯然收。
千尋鐵鎖沉江底，一片降幡出石頭。
人世幾回傷往事，山形依舊枕寒流。
今逢四海爲家日，故壘蕭蕭蘆荻秋。

選文題解

〈蜀相〉、〈西塞山懷古〉，分別選自《杜工部集》、《劉禹錫集》，都是以三國故事爲題材，或透過諸葛亮的祠堂，懷想一代名相開國籌謀的苦心；或透過山河名勝，設想王濬率軍攻破東吳的場景。兩首詩都以空間地景爲啓發點，透過時間的線索，爬梳歷史的軌跡，進而探索超越時間的永恆價值。在〈蜀相〉中，崇高的人格是超越時空的典範；在〈西塞山懷古〉中，則以永恆的大自然，見證人世的興衰。

作者簡介

杜甫（A.D.712～A.D.770），字子美，自稱杜陵布衣、少陵野老，有「詩聖」的美譽。

杜甫的一生到處漂泊。年輕時遠離家鄉，壯遊遠方。結束壯遊以後，曾有十年時間，寄居長安，一度有機會被唐玄宗提拔，但由於宰相李林甫的刻意打壓，最終仍未能出仕。

安史之亂時，叛軍占領長安。杜甫只得結束長安謀食的生活，倉皇出逃。當時太子為穩定民心，不顧父親玄宗仍然在世，直接在流亡途中登基即位，即唐肅宗。杜甫前往投靠，被肅宗封為左拾遺，世稱「杜拾遺」。可惜不久又因得罪肅宗被貶，展開漂泊的生活。

旅居四川時期，杜甫定居成都西郊的草堂，並受到故人嚴武（時任成都尹兼劍南節度使）的照顧，出任工部員外郎，世稱「杜工部」。然而杜甫與嚴武的關係，時而親密，時而緊張。嚴武死後，杜甫離開成都。本單元所選的〈蜀相〉，即是杜甫定居成都時所作。

劉禹錫（A.D.772～A.D.842），字夢得。晚年因遷任太子賓客，世稱劉賓客。

劉禹錫在政治上屬於改革派，與柳宗元等人一同支持王叔文的新政。隨著新皇帝的上任與王叔文的倒臺，劉禹錫貶離京城。十年後回到京城，看著滿朝權貴，作詩譏諷道：「紫陌紅塵拂面來，無人不道看花回。玄都觀裡桃千樹，盡是劉郎去後栽。」不久後再度被貶謫。

十餘年後奉召回京，劉禹錫又再作詩：「百畝庭中半是苔，桃花淨盡菜花開。種桃道士歸何處，前度劉郎今又來。」不久又再遭貶，由此可見其性格。

劉禹錫擅長寫地貌，其詠史詩多為遊覽古蹟之作，他的詩觀察細膩，體貼幽微，精心描繪而語造自然，能在古蹟地貌描寫中展現出色的創意，例如「舊時王謝堂前燕，飛入尋常百姓家。」（〈烏衣巷〉）本單元所選〈西塞山懷古〉同樣為其代表作。

閱讀指引

地景既是客觀的存在，同時也蘊涵著主觀的價值，傳達特定的意義。因此，當我們登臨名勝時，映入眼前的山水景致，不只是自然的風光，同時也涵蓋歷史文化的意義，彷彿一則符號，靜靜訴說歷史文化的故事。

換句話說，不論是山川名勝，或是歷史古蹟，一旦有人爲的痕跡介入，在時間的累積下，皆逐漸醞釀文化的意涵，具備空間、時間、文化三層面相。

一、空間形象的潛在意義

〈蜀相〉、〈西塞山懷古〉這兩首詩都是遊覽之作，杜甫遊覽武侯祠，目睹「錦官城外柏森森」、「映階碧草自春色，隔葉黃鸝空好音」；劉禹錫遊覽西塞山，眼見「山形依舊枕寒流」、「故壘蕭蕭蘆荻秋」。然而眞正值得注意的是，詩作將個人的情感，灌注在客觀的環境當中，賦予情感上的意義。

以〈蜀相〉爲例，首先透過書寫的素材，彰顯諸葛亮在民眾心中的地位。「丞相祠堂何處尋？錦官城外柏森森。」傳言武侯祠的柏樹，是當年諸葛亮親植，後世在諸葛亮種植柏樹之處興建武侯祠。因愛戴其人，因此連其種植的樹、留下的遺物，也連帶珍惜。換句話說，「錦官城外柏森森」既是客觀的景象，也寄寓了百姓的情感認同。

武侯祠所在之處，不是熱鬧的城鎭，而是偏遠的郊區，野草已蔓生到祠堂的階梯，杜甫到此遊覽，下筆的卻是「映階碧草自春色，隔葉黃鸝空好音」。分明是長滿雜草、野鳥亂鳴的景象，因爲對諸葛亮的追慕與敬愛，表現爲碧草春色、黃鸝好音的自然風光。由此可見，空間景象的描寫，本身就是人爲的詮釋。

接著以〈西塞山懷古〉爲例。西塞山是三國末期的戰場。本詩的空間描寫還分爲兩部分，一是歷史上的戰場，一是當下所見的戰場遺址。在還原歷史上的戰場時，劉禹錫借鑑《晉書．王濬傳》記載，寫下「千尋鐵鎖沉江底」之句；他又發揮想像力，創造出「一片降幡出石頭」的畫面。在文獻考據、想像力發揮之間，取得巧妙的平衡。

至於寫當下所見的戰場遺址，則直指眼前「山形依舊枕寒流」、「故壘蕭蕭蘆荻秋」，既有宏觀的視野，也有特寫的蘆荻，共同勾勒出深秋景象。再進一步細看，山形依舊，寒流同樣也是不捨晝夜，然而蘆荻則是隨風搖擺的草本植物。相較於大自然的山川蘆荻有其變與不變，人世也有興衰往來。

換句話說，〈蜀相〉、〈西塞山懷古〉在描寫空間場景時，以客觀的景象爲基礎，或透過典故傳說，傳達潛在的喜惡；或透過虛實想像的交錯，取得靈動的變化；或素材的對照，激盪出延伸的意義。

二、「歷史時間」與「當下時間」的選擇

三國爭雄的時代，距離杜甫、劉禹錫兩人，已時隔數百年，過往的歷史風雲消散無蹤，但是留下的故事、歷史的影響，卻流傳至今。因此，我們可以說每個人都活在多重時間中，站在歷史時間的層積之上，在當下時間生活。

然而在特定的時間條件、空間環境之中，特別容易讓人審視歷史，例如各種紀念日，希望後人能記取過往；各種古蹟、紀念碑等，也是希望激起思古之幽懷。

〈蜀相〉、〈西塞山懷古〉兩首遊覽懷古之詩，都是從空間描寫切入，導向群雄爭鋒的大歷史，讓詩作穿梭在懷古的歷史時間、遊覽的當下時間。

〈蜀相〉所描寫的歷史時間，從諸葛亮初出茅廬「三顧頻繁天下計」，籌畫蜀漢奠定基業「兩朝開濟老臣心」，直到病逝五丈原「出師未捷身先死」，貫串諸葛亮的一生。

〈西塞山懷古〉描寫的歷史時間，則集中在西塞山的滅吳之戰。從

戰前準備「王濬樓船下益州」、大戰現場「千尋鐵鎖沉江底」、到大戰結果「金陵王氣黯然收、一片降幡出石頭」，聚焦在代表性的事件。

這兩首詩選擇的歷史時間取向不同，與各自突顯的重點有關聯。杜甫要表彰「人」的形象，因此縱寫諸葛亮的一生，甚至形容諸葛亮死後，猶使英雄淚下不止，旨在刻畫人格的偉大及其影響。相應於此，正好與碧草春色、黃鸝好音的爛漫春光，形成潛在的呼應。

劉禹錫要突顯「事件」的形象，因此特寫關鍵戰役，徒依長江天險而內政不修的東吳，在大戰前夕，猶以戰術、地形為恃，最終落得國破出降的下場。相應於此，詩中以山形寒流、蘆荻秋的蕭瑟景象，形成時間感受上的連結。

由此可見，同樣面對大歷史，選擇的題材、切入的角度，既影響詩中觀看主角的心情感受，也會影響歷史書寫的樣貌。

三、時空變化下的永恆價值

在時間的淘洗下，什麼是永恆？沉思時空的變與不變，一方面是感受個別生命的渺小短促，一方面也是對超越價值的探索。

以〈蜀相〉而言，杜甫開頭便稱丞相而不稱蜀相，足見尊諸葛亮為正統的親近之心。雖然距三國時代已久，諸葛亮的祠堂荒涼，但其人格形象的印照在歷史上，未曾磨滅。換言之，人格典範能夠跨越時空，〈蜀相〉描寫諸葛亮風光機智的一面，「三顧頻繁天下計」，對蜀漢的戰略規劃目光如炬；也有其老成謀國的一面，「兩朝開濟老臣心」，對匡復漢室心心念念。無奈「出師未捷身先死，長使英雄淚滿襟」，但生命形象已然超越了一時的成敗。

至於〈西塞山懷古〉則以山河大地見證歷史。人世如滄海一粟，不僅東吳滅亡了，繼起的晉朝也滅亡了，乃至於後續的諸多王朝也都消逝在歷史的洪流中——那麼，當下身處的朝代呢？〈西塞山懷古〉有其深深隱藏的憂懷，但奮力從人事變化中，指向宏大的自然規律；山形依舊枕寒流，從人世的變化導入自然規律，體現巍巍不動的超越意義。

什麼是永恆？回答這題題時，已然透露出文化的價值取向。隱藏在地景書寫的背後，當時也是文化的集體認同。

（撰稿教師：吳東晟）

人在社子 陳列

西北流的淡水河將要通過關渡時，基隆河由東匯入，兩河之間因此夾出了一大塊泛稱爲社子的沖積地，形狀狹長，有如半島。

我來過半島的尾端數次，坐在河邊，或是沿著蜿蜒的堤岸散步，總覺得這裡的地理形勢很有氣派，充滿了神靈。水面遼闊蒼茫。淡水河南岸在大約至少半公里外，土地從那裡低平地開展而去，迷離的草木和屋宇映著極遠處垂落的蒼穹；那是蘆洲和五股的一小部分。上游遙深，瀰漫到高樓密集的台北市中心腳下，屋頂建築線凹凸參差，在晴朗的日子依然隱約可見，以天邊連綿的山丘作爲大背景。基隆河對岸則是坦蕩的關渡平原，經常廣布著綠意，新起的樓房在它的外緣和較遠的斜坡上群聚或點綴。壯麗的大屯山系盤繞北方，遠遠地望著。觀音山赫然橫臥於西，靜觀二水的交合，並與峭立的關渡宮一起把守出海的水門，旁出的一系列丘陵迤邐南下，終歸消失在天色裡。天空高廣沉默，更在守護著這片悠緩的水流以及四周眼裡所及的江山文物。

而我，我就在這個山環水複的水邊，在一個空曠又若似自有層次的完整天地中間，獨自外觀內省，每次都會油然感到這片天地飽含著生機，彷彿還一直在透露著某些訊息，幽邈嚴肅，包括自然人文生命的生成死亡，流變和恆存。

根據郁永河的《裨海紀遊》：由淡水港入，前望兩山夾峙，曰甘荅門，水道甚隘，入門水忽廣，泛爲大湖，渺無涯矣。這是一六七九年的記載。所謂甘荅門，就是今天的關渡。那麼，將近三百年前，現在的整個社子一帶似乎都還在水裡——據說是前此三年的一次大地震造成的。

三百年前，甚至於整個台北盆地也大致尚未開發。明鄭據台後期的一六七〇年代，屯墾先鋒雖已進入今日的石牌，西班牙人和荷蘭人更曾早已先後完成過台灣北部的局部佔領，且在大屯山區大規模地開採過硫磺，但那時眞正擁有這些青山綠水和原野的，卻是總共二十幾個部落的原住平埔族人。一七〇九年，一位姓陳的泉州人初次請准了台北地方的開墾執照，然後才有較增的移民，形成日後新莊艋舺的富盛，且使後者在大約百年後享有過它最風光的時期。台北城的開工興建則是一八八〇年的事了

三百年。三百年的風雨和血汗。這一大塊原爲魚蝦棲息的水域竟然成了人類行住的大地，周圍這廣大的地區甚且有了豐茂複雜的文明產物。是經過怎樣的變遷，社子才由水底浮出而成沙洲而成現今規模的呢？年久月深，我實在不知道從哪裡下手細究。然而關於人爲的努力，關於我們的祖先當初來到這片陌生地時所可能受到的艱苦以及所表現的活力智力，我卻是可以在想像裡加以揣摩的。

當年，我們的祖先由於謀生困難，或因案亡命，所以就那麼決絕地來了，帶著種籽和牲口、知識和技藝，渡海來到這個代表希望的島上。他們在草莽山林間一寸一尺地開闢拓墾，與原住民周旋，與自然界裡的一些無情的敵對力量相爭戰，身體疲累已極了，還得忍受重重的物質匱乏、瘴癘疾疫和傷亡。白天，他們在

烈日淫雨下流汗吃苦；當黑夜籠罩荒野間，他們則在寮舍內獨嘗內心深處的恐懼悲涼。他們播栽下了作物，打拚經營，總算建立起可憐而珍貴的家園，卻又要遭遇到荷蘭、西班牙以及更往後的日本三個殖民異族的壓榨剝削。歲月悠悠，一切的奮鬥幾乎都孤立無援，人過得何其晦暗辛酸又漫長啊，而支持他們下去的，大概唯有那股堅韌不死的生存意志和對未來的希望而已了吧。這股意志和希望世代相傳，繁衍滋長，才終於有了我們這綿延三百多年的歷史，造就了阡陌良田和大城小鎮，以及這個在二水之間靜靜生存的社子。

河水漫漫，那些殖民者的船隻就是從這片水流經過，載走鹿皮、米穀、茶葉和砂糖，載走先人們多少心血汗液的。如今，很好，他們都走了。

大屯山間也已沒有採硫的活動，留下的是幾處讓人煮蛋洗澡的窪谷。

但這塊土地的原來主人，那些平埔族，是不是也一起消失，甚或，滅絕了呢？

這裡最先原只有他們自由的足跡，如今卻都已不見，甚至於絲毫沒留在我們的記憶裡。我們的祖先必曾不公不義地對待過他們，向他們欺詐索奪，把他們當作禍害般地殺戮的吧。

那麼，我們該負起多少歷史的罪愆呢？那麼他們留下的美麗大地，如今在我們手裡，如今又怎麼樣了？

社子尾端這個地方在人文表現上，相對於自然景觀的闊氣靈氣，實在顯得黯淡而卑陋。

最驚心怵目的是來自河上的噪音與河邊的髒汙。噪音是抽沙浮船製造出來的。船屋零落，安裝著大馬達，停駐在河中心，以相連的一截截縱橫水上的粗黑輸送管將水和沙一起送到堤內的蓄沙池內。馬達聲整天響個不停，砰砰轟轟，在四野裡激盪，密實洶湧，不留空隙。能夠偶爾將那聲浪稍微刺穿的，就只有岸邊尖銳的車聲和工廠敲擊鐵器的聲音了。難得讓人的聽覺有個片刻清靜的時候。

髒汙則是因爲流域兩岸的城市。水色灰沉，幾乎看不出流動的樣子，不知道是不是過於濁重的關係。水面經常浮著各種廢物和布袋蓮，有時還冒著嘆息的氣泡，好像得了什麼疹疥瘡疔之類的皮膚病。也可能是被強灌太多的農藥金屬糞便而潰爛壞死了。水邊的淺灘是黏膩的汙泥，上面混亂地散置著塑膠袋、瓶罐鍋碗，以及人們想得出的該當丟棄的種種東西。偶然還會看到已經生了蛆的狗呀貓的屍體。不少人把這兩條名河當成了垃圾場；反正許多識與不識的人都這麼做。而且河又不是我自己一個人的。

噪音加上髒汙，水中族類必然已窒息中毒而死或嚇跑了。我只見過一些大膽的水鴨三三兩兩的在水面漂泊。另外還有一種瘦小的鷸鳥也經常在水和泥灘的交界處走跳和逐食，時而機警地抬頭張望。除了隨季候流浪之外，牠們生活的樣子，簡直就像住在岸邊村子裡的那些人。更像村人的是水筆仔。它們爲數甚少，孤單地在河邊生長，長在略帶霉腐的氣味裡，落寞倔強，有點營養不良。

三面環水的這片地，如今已成爲一個首善大城的轄區了，在行政區分上被畫爲台北市延平北路九段，好像它和前面幾段一樣，有著大都會傲人的聲色衣香。但其實它只能說是一個以農爲主的小村莊而已。

這個村子初看時似乎沒有強烈的渴欲，逆來順受，滿足於寂寥的存在，卻又很像蠢蠢欲動，只因對許多事情不知所措，才無奈地極力隱忍著。村中作爲交通主幹的延平北路彎曲狹窄，錯車都有困難；它通抵半島尖端的聚沙場，然後在河邊終止。此外，就只有一條和它交叉的泥土路了。土路往北經過一片農地，直伸到基隆河的堤防下，往南是一段豬屎豬尿流溢的爛臭路面，接著也是聚沙場和河邊。木板屋、舊磚厝、二層樓房和工廠以及刺竹叢粿葉樹雜居交錯在這一截延平北路的兩旁，沒有一定的方位與格調。呈現出個體在社會變動中惶惑且缺乏自省地競相各尋出路時的某些散亂步伐。那是一種令人覺得焦躁不快的無秩序，而非怡人爭放的繁花。運沙卡車和公車從這條住屋間的隘路呼叫而過，飛落或揚起的沙塵撲在屋頂牆壁和樹葉上。人們對這些強悍自認理所當然的車子大概習慣了；小孩子在竹叢後的小庭院裡騎娃娃車，扭打嬉戲，追逐掩尾奔竄的雞鴨鵝，或是一個人捧著碗坐在屋前多沙的台階上吃飯，一邊不知在想些什麼。衣服晾在路邊，在陽台上和院裡無聊地垂掛。土地公坐在巷口的小廟內，斜對著剛好彎了一個彎的道路，門楣上橫懸的那塊褪色的紅布也積了一層厚厚的沙，有如懷著沉重的心事。

村子裡有一家撞球間，三、四間小雜貨店和食堂。撞球間沒有門面；那是一些少年人就近玩樂消遣的方便去處。飲食店面對海專的校門，做的也大抵是學生的生意。學生放學了，稚嫩的笑聲頓時張揚開來，年輕的臉上神采煥發，他們有的叫鬧著，有的還邊走邊嚴肅地爭論他們認爲重要的課題，好似村子裡忽然有了文化氣息起來。然而那些店面和住屋卻仍兀自瘖啞地蒙著原來的沙塵。工作之後的當地居民，默默地從這些歡樂的學子之間穿過，進出於門扉半掩的住屋，表情淡淡的，不知道休息時能做什麼，能去哪裡。

也許就因爲這樣吧，每家商店附近的廊柱或牆壁上，常會見到市中心某幾家戲院的歌舞團廣告招貼。那是都市積極向他們推薦的一項娛樂。招貼搶眼突出。這不只因爲它鮮豔的色彩，更由於上面那些女郎的暴露和文字的煽情所意味著的我們這個社會對某些價值明目張膽的追求。這與此地的居民、建築以及屋後農田的壓抑情緒，恰好成了一個帶著些揶揄的對比。

此地的農田全爲沙質的菜園，是供應台北人口的蔬菜專業區的一部分。可耕的面積不大，式樣也不整齊，再受到零散新建的房屋工廠的割裂擠逼，更像是個畸形的田園——「開發中」的田園。平常在園子裡耕耘的大都是些上了年紀的男女；他們低頭彎腰，忙著整地或照顧成長中的各色蔬菜，包括土白菜和時髦的萵苣。他們的模樣仍是從前農人的模樣，仍是每個鄉下農人的模樣，穿深暗色系的衣服，勤勞且不多話，一如他們的手腳所接觸的土地。他們往往是形單影隻的；在看似濕潤而溫暖的淺黃色沙土上或在一片青翠裡，獨見粗重的身軀在緩緩移動。菜園要熱鬧起來，得要等到黃昏時。這種時陣，如果是採收日，剛下班和放學的兒孫子女等大概都出動了。大家分頭忙著收成、整理和裝筐，準備明天趕個大早運往市場。在愈來愈濃的暮色中，菜園裡似乎也漸洋溢出一種每個人都有緊要事情可以做的和樂感覺。但眞的和樂嗎？我相信是的。那是一種相依爲命的共識親情，全家人通過微薄而不太可靠的物質目的，通過共屬的田園和一起的勞動，深沉的情愛往往就會逐漸凝聚。

我從村中走過時，常也會看到一些留在家裡的婦女在洗淨菜葉或根莖上的泥土。洗過的顯得生鮮的綠色蔬菜，有規律地疊排在大竹筐內，特大號的水盆晃漾著輕細的水聲，地面則濺濕了好大的幾塊。她們坐在門口，臉上看不出什麼特別明顯的感情和思想，但那樣的臉孔卻也最爲眞實。她們穩定的坐姿映著室內深處不太清晰的神案供桌和隨便放置的木椅，令人覺得她們又憂苦又自在幸福。這種自在和憂苦，彷彿全都來自陰涼卻幽黯的屋裡，以及屋外那幾棵永遠蒙著灰沙卻也依然活得旺盛的粿葉樹。

報紙上曾說，計程車司機晚上不太願意載客到延平北路六、七段以後的社子，因爲這裡地下工廠多，分子複雜。確實，城市的邊緣角落裡常會寄居著一些外地來的淪落者；他們是迷失焦躁的。但我在九段尾看到的，卻是一些在熾熱的火爐前和雜亂髒鏽的鐵堆中焊鑄、搬扛、敲打的青少年。下工了，他們安靜地跨坐在工廠的圍牆上低聲談話，時而望著河水，目光很遙遠，臉上手上衣服上全是鐵鏽汗漬。爐子裡的火熄了，但他們並不急於洗澡換衣服；這是屬於他們自己的時間。他們要先鬆懈一下，讓涼爽的晚風輕拂，想幾回他們離開的家。

聚沙場的那些開剷土機的年輕司機當中至少也有一個外地人，因爲我曾看到他在中午休息時靠坐在駕駛的位子上小睡。身邊放著一台正在播放音樂的收音機。在整日喧騰不休的馬達聲中和太陽下，獨坐在高高的機器上，他不免會有寂寞的時候，所以他就讓電台的歌聲和話語來陪伴他，陪著他工作和入睡。

另外也有人受雇在聚沙場工作，但已入中年。他們穿著長統雨鞋和防水的工作服，在聚沙池邊過濾一併抽上來的雜物碎石，清理排水路。他們的女人則留在堤邊低矮的工寮內，坐在門裡，迎著門外的日光和有點臭味的沙堆泥濘路補衣服。洗好的衣服則晾在屋側，面向河水，襯著漆了柏油的黑色木板牆。如果天黑欲雨，她們就急忙地跑到堤岸的斜坡上，收拾曝曬的煮飯用的柴薪，等候丈夫回來這個臨時的家。

生存該是個什麼模樣？活著是不是應有一些希望？那些在堤岸邊奔上跑下，在蓄沙池旁髒亂的沙堆水坑間遊戲玩鬧的小孩，將來長大後，對他們幼時居住的這個故鄉會怎麼想？

對我而言，台北市有這樣的轄區，有這段瘖啞的九段尾，是很使人驚疑納悶的。一些人粗糙地活著，在邊緣地帶粗糙地勞動、生產和休息，向中心供輸民生必需物和剩餘的人力，爲中心的精美華麗和強大奠基，討賺生活的基本需要，然後在被忽視忘記裡忍受孤寂和財富權勢諸種欲望的折磨，分攤諸如汙染稅金之類的擔負，東拉西扯地湊合著度日子。

是否就是這樣子而已？或者，我們可以期盼一個眞正互相效力的社會，讓進步同時表現於物質的均等發展和心靈的一起成長呢？

二水默默交匯，然後向著河口流去。蒼天不語，和四周遠近的山巒一樣地在沉思。微風吹過，千萬隻逝去的前人的眼睛，彷彿就在岸邊那些拂動的作物草木間，注視著我們暫時走過這片大地的腳步。

原載一九八四年四月廿七日《自立晚報》副刊

選文題解

本文從臺北社子的地理環境切入，從山河空間的遼闊風光下筆，並快速勾勒社子的開發史，緊接觀察當代社子的生活環境、住民日常，最終沉思「生存該是個什麼模樣？」

陳列擅長將地景風光導向人文關懷，以細膩的觀察描寫山川大地風貌的同時，予人山河綿延、歲月悠長的寧靜感，在乍看抒情平緩的氣氛中，提出冷冽的逼問，發人深省。

作者簡介

陳列（A.D. 1946～），本名陳瑞麟，嘉義縣人。淡江大學英文系畢業，現定居花蓮。早年曾任國中教師，後因「爲匪宣傳」的罪名，入獄四年八個月。陳列在《躊躇之歌》描述「在我入獄後，父母親曾經有好幾次打算搬離這個世代定居的家鄉」，描寫偵訊的過程、出獄後如何重新融入社會的心境，內容極其深刻。

陳列關心土地與社會，經常思考「文學有何功用」。一度認爲政治比文學更能奉獻社會，因此投身政治，出任民進黨花蓮縣黨部主委，曾經當選國大代表。經歷十年政治生涯，有感政治有太多的妥協，反而不如文學直指人心，因此退出政治圈，將政治與社會責任轉化爲文學關懷。著有散文《永遠的山》、《地上歲月》、《人間・印象》、《躊躇之歌》等。

閱讀指引

本文原題〈水湄小生涯〉，後經修改，更題爲〈人在社子〉，收入個人散文集《地上歲月》。

在現今的行政區畫上，臺北市士林區社子次分區共有十個里。本文所寫的社子，主要指1985年的中洲里（今屬富洲里）。該地位於延平北路九段，因此又稱爲「九段尾」。

本文從山河自然環境切入，先簡略勾勒開發史，點出先人的期許與失落。由此轉向當代的生活情境，從文史的大背景切入，逼問生存該是個什麼模樣？我們是否已完成前人的期待？

一、地景的風光與歷史

本文從社子的地理環境下筆，開頭便指出「西北流的淡水河將要通過關渡時，基隆河由東匯入，兩河之間因此夾出了一大塊泛稱爲社子的沖積地，形狀狹長，有如半島」。

快速勾勒客觀的地理位置之後，立即轉向主觀的風景感受，以個人散步的經驗著手，水面遼闊而蒼茫，遠眺迷離的草木和屋宇、天邊連綿的山丘、基隆河對岸的關渡平原，以及「壯麗的大屯山系盤繞北方，遠遠地望著。觀音山赫然橫臥於西，靜觀二水的交合」，以社子爲立足點，將大臺北的山河風光收攏其中，流水逶池、山勢綿延，營造出開闊的視野。

本文以客觀的地理位置、主觀的空間感受爲出發點，轉向社子的開發史。值得注意的是，本文將地方的空間環境、歷史沿革，兩者並列，藉以對比當代的生活環境。

因此從眼前山環水複的風光，遙想歷史的面貌，快速勾勒社子的演變與大臺北地區的開發歷史。諸如社子水域、平埔族人的生活、西班牙人與荷蘭人的蹤跡、漢人移民的開墾，乃至臺北城的興建等等。雖然標註了重要事件的年代，但歷史事件其實只是情境的鋪墊，重點在於營造出洪荒開發、篳路藍縷的蒼茫感。

空間的遼闊、時間的敻遠，二者巧妙呼應，滄海桑田，從而引介出「我們的祖先由於謀生困難，或因案亡命，所以就那麼決絕地來了，帶著種籽和牲口、知識和技藝，渡海來到這個代表希望的島上」，以抒情的口吻，將社子—臺北—臺灣揉合爲一。由此顯見，本文爲了加強閱讀的感染力，將社子的空間環境、開發歷史，作抒情化的處理，從而延伸出對當代在地生活的關懷。

二、當代的在地生活

本文直言「社子尾端這個地方在人文表現上，相對於自然景觀的闊氣靈氣，實在顯得黯淡而卑陋。」乍看之下是將自然景觀、人文表現截然二分，如果再仔細看，會發現文中對空間環境、歷史沿革的描寫，都是以既成面貌的型態，讓觀者在眺望風光時，沉思地景背後的人文軌跡。然而當視野轉向當前的在地環境，心態陡變，成爲時人對當下的審視與檢討。

因此，所謂「人文表現的黯淡而卑陋」，主要是檢討當代的在地生活，包括自然環境的污染、生活的環境的簡陋。

在此需要特別強調，本文發表於1984年，文中從社子的地理空間、歷史背景下筆，層層渲染，最後呈現核心主題——對當代在地生活的關懷。以關懷爲出發點，透過眞相的揭露，希望引起注意，進而促使改善。

因此，在自然環境端，描寫「最怵目驚心的是來自河上的噪音與河邊的汙染」，例如抽砂浮船、農工業的廢水與汙染、家庭的垃圾。至於生活環境端，描述當時社子的面貌：彎曲狹窄的道路、老舊的樓房、豬屎豬尿流溢的臭爛道路、新建的房屋工廠、區塊零碎的農地。

在城市的邊緣，生活環境堪慮，但生活的樣態又是如何？文中既呈現陰暗的報導，也有平靜而踏實的側影。

文中記錄當時的新聞，「計程車司機晚上不太願意載客到延平北路六、七段以後的社子，因爲這裡地下工廠多，分子複雜。」

緊接著敘述親身的遭遇，親眼見到「在熾熱的火爐前和雜亂髒鏽的鐵堆中焊鑄、搬扛、敲打的青少年。下工了，他們安靜地跨坐在工廠的圍牆上低聲談話，時而望著河水，目光很遙遠，臉上手上衣服上全是鐵鏽汗漬。」速寫在地的勞動樣態，勾勒工作與衣著，細膩描寫休息時遠望的剪影。

透過具體的細節、人物的動作，賦予在地人物明確的生活感，從而逼近主題——土地關懷的本質，是對人關懷；揭露環境陰暗面的眞正用意，並非是嫌棄，而是反思如何讓生活在其中的人活得更好。

三、生存該是個什麼模樣

時至今天，社子仍存在著是否允許開發的問題。自1970年起，社子即因防洪因素被劃定爲限制發展區。開發社子的議題討論多年，2022年臺北市長柯文哲表示：社子禁建五十多年，可是卻有一萬多名住戶，但是又連一間7-11也沒有，也沒有消防隊。原訂「生態社子島」計畫，有意徵收土地，改建爲以自然生態濕地爲基礎的生態景觀城市。但因牽扯各方權益問題，故延宕未決。到2023年蔣萬安市長時期，因爲聚落保留、環境評估、居住正義，乃至於開發的方式，是採全區區段徵收，或是解除禁建、原地改建，各有立場，迄今社子開發還是一個未解的問題。

本文發表於民國73年，距今已有一段時日，但於今觀之，依然動人。之所以能跨越時代、政策的侷限，在於其核心逼問的議題，是所有百姓與政權都應該愼重以對的大哉問：生存該是什麼模樣？

全文以大量的篇幅，白描青年的勞動、留在家裡的婦女在洗淨菜葉或根莖上的泥土、上了年紀的男女低頭彎腰忙著照顧成長中的蔬菜、開鏟土機的司機午休時在駕駛座上小睡……既是當時社子的情境，也可能是現今偏鄉的狀況。既然所有的政策，都號稱要打造安居樂業的環境，那麼直接關注庶民的日常生活，就是對政策最好的檢視。

整體來說，本文從地理空間出發，遙望歷史的變遷，最終轉向在地的生活，以人文關懷爲核心，透過大量的白描，刻畫歷歷在目的情境，希望達到心靈的共感。在乍看柔和的氣氛中，提出冷冽的逼問：在蓄沙池旁髒亂的沙堆水坑間遊戲玩鬧的小孩，將來長大後，對他們幼時居住的這個故鄉會怎麼想？

（撰稿教師：徐培晃）

多元思考

1. 請問你是否曾在某個地景中，或懷想歷史、或轉而關注當前的環境？請加以分享。
2. 你是否曾從文學作品中的地景描述，得到人文的啓發？請加以分享。
3. 陳列〈人在社子〉提問：「在蓄沙池旁髒亂的沙堆水坑間遊戲玩鬧的小孩，將來長大後，對他們幼時居住的這個故鄉會怎麼想？」假設你就是在偏鄉環境長大，會如何回應陳列的提問？

延伸閱讀

〔唐〕孟浩然：〈與諸子登峴山〉，佟培基箋注：《孟浩然詩集箋注》（上海：上海古籍出版社，2000）

〔唐〕杜甫：〈詠懷古蹟〉五首，《杜工部集》（上海：上海古籍出版社，2003）

〔唐〕劉禹錫：〈金陵五題〉，清聖祖御定：《全唐詩》（北京：中華書局，1985）

陳列：《躊躇之歌》（新北市：INK印刻文學，2013）

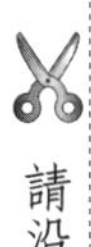

請沿虛線剪下

作業練習

1. 杜甫因搬遷到四川，有機會遊覽武侯祠，從而寫下〈蜀相〉一詩。請你選擇一處歷史相關現場（例如古蹟、紀念館、遺址），並了解與該地有關之歷史。請以約1000字描述遊覽現場的空間，並對歷史事件加以勾勒。
2. 古蹟的拆遷與保留，不僅涉及文化歷史，還包括經濟發展、消防安全、交通運輸等多樣議題。即便採保留政策，如何保留？如何彰顯文化歷史的價值？都有待思索。請自選一場域，分別從正反兩方加以申論，並提出可行的構想。

請沿虛線剪下

下卷　文化的傳衍

第九單元

知識分子的社會關懷

周盈秀、洪英雪

單元理念

士不可不弘毅，任重而道遠。當你進入大學，又有多少的心量，涵納知識的大、理想的大，與社會責任的大？或者更直接地問：你想當一個工具人，還是一名知識分子？

知識分子必須同時具備專業訓練與社會責任。正因為有專業為背景，因此發言的正確度較為可信；更因為懷抱社會責任，因此發言的內容秉持良知，拒絕向權勢低頭。

有跨越時空的議題：揭露戰爭後殘破的家園面貌。例如樂府詩〈十五從軍征〉，垂垂老矣的戰士返鄉，卻發現家園已然面目全非。

有當代情境下的議題討論：同樣是老有所終的理想，在不同的時代背景、不同的觀察角度底下，有不同的關懷面向。例如簡媜〈春日偶發事件〉為安養院的老者所觸動，思考怎樣算是有晚福的人生？

經典閱讀一

十五從軍征　佚名

十五從軍征，八十始得歸。
道逢鄉里人，家中有阿誰？
遙看是君家，松柏冢纍纍。
兔從狗竇入，雉從梁上飛。
中庭生旅穀，井上生旅葵。
舂穀持作飯，采葵持作羹。
羹飯一時熟，不知貽阿誰？
出門東向看，淚落沾我衣。

選文題解

〈十五從軍征〉是一首漢代的樂府詩。此詩最早見於宋代郭茂倩編纂的《樂府詩集》第二十五卷〈橫吹曲辭五・梁鼓角橫吹曲〉，題爲〈紫騮馬歌辭〉。詩的全文前半部分尙有「燒火燒野田，野鴨飛上天。童男娶寡婦，壯女笑殺人。高高山頭樹，風吹葉落去。一去數千里，何當還故處？十五從軍征……。」《古今樂錄》云：「『十五從軍征』以下是古詩。」現今研究普遍認爲「十五從軍征」以下是相對獨立的漢樂府詩，前面的詩句則爲北朝民歌，所以現今教材多從「十五從軍征」開始選錄。

本詩講述一名士兵自十五歲參軍，直到八十歲才得以歸鄉的故事。詩中描繪這位老兵顚沛流離多年，終於回到故鄉，卻發現親人早已離世，家園早已荒蕪。全詩以質樸的筆觸，刻畫老兵遭遇，可見長期戰亂對百姓生活的巨大衝擊，詩中流露深切的悲憫與人道關懷。

作者簡介

這是一首漢代樂府詩，作者不詳。

何謂漢樂府？漢武帝時期正式成立樂府官署，任命李延年爲協律都尉，掌管樂事和採集民間歌謠以觀風俗。《漢書・藝文志》認爲這些詩歌：「皆感於哀樂，緣事而發，亦可以觀風俗，知薄厚云。」

漢樂府多爲民間口頭創作，可以直擊最眞實的社會現象，多描寫質樸的日常生活，語言口語化，敘事性極強，尤其同情弱勢的鰥寡孤獨者。

閱讀指引

一、老兵耄耋返鄉

詩的前段敘述主人翁在十五歲時從軍，直到八十歲才回鄉。從軍經歷僅用歲數交代，沒有涉及艱辛的軍旅生涯，未見血腥的戰爭場面，但與家鄉闊別六十五年的際遇足以讓人心酸。

値得思索的是，這一切是合理的嗎？《樂府詩集》收錄「十五從軍征」原文前半部，有一段屬於北朝民歌，其中「童男娶寡婦」等句已揭示戰爭發生時，凡男丁皆須從軍，始得社會上男丁稀少的社會現象。爲了維持社會生產力，出現男童迎娶寡婦的畸形情景。詩中又云：「一去數千里，何當還故處。」那麼從軍是否有個期限？根據漢代律法規定，服兵役的年齡爲二十三至五十六歲：「年五十六衰老，乃得免爲庶民，就田里。」（《漢舊儀》）但實際發生戰爭時，擴大年齡徵兵的情況卻是相當普遍。《漢書・高帝紀》記載蕭何曾「發關中老弱未傅者悉詣軍」，便是指將沒在服役名冊上、其他年齡的男人也徵收充軍。所以本詩「十五歲從軍征，八十始得歸」的可悲現象，在戰事頻傳的時代非常普遍。正如杜甫〈兵車行〉所言：「去時里正與裹頭，歸來頭白還戍邊。」

二、恍若隔世，孤苦無依

老兵熬過漫長的兵戎生涯，終於踏上久違的故土，心中既忐忑又激動。

詩中描寫老兵企圖透過家的痕跡還原記憶。以前農家讓家犬出入的狗洞還在，現在換成野兔橫行；以前屋內的樑柱還有，但上面只見野雞亂竄。院子裡生長著野生的穀子，汲水的井邊則有野生的蔬菜。這些穀類與野菜，並非人為耕種，卻更見證人們生活過的痕跡，只有原本曝曬在庭院的穀粒、原本在井邊洗滌的蔬菜，掉落過種子，才能蔓生於此地。《詩經》〈豳風・東山〉也描述過類似的景象，主人翁出門久戰之後返鄉，家園早已被各種昆蟲、蛛網及野鹿占據：「伊威在室，蠨蛸在戶。町畽鹿場，熠燿宵行。」原本溫暖的屋內現在冷清而空曠，原本充滿人煙氣息的庭院，如今一片荒涼。

當老兵發現家人和家園已不復存在，內心的悲痛無以言表。但生活還是得繼續，從遠方跋涉而來的他，務實地取下野米舂穀做飯，又摘下野菜水煮熬羹。然而，明明在「家」煮好飯菜，卻再也沒有家人能陪他一起吃。那該給誰吃？他孤苦無依地坐在殘破的舊居裡發怔。詩末，老兵走出門外東向眺望。或許看向門外的亂墳追思家人，也可能看向來時路，回想他徒勞的一生，終於禁不住淚濕沾襟。

全詩通過細膩的日常敘事和深刻的人性關懷，讓我們看到戰爭的殘酷和對個人、家庭的巨大影響。詩句簡練樸實，蘊藏的情感張力卻極為豐沛。筆墨淡雅，敘事手法高明，以景象代替抒情，更顯情感自然真摯，令人動容。

三、白骨無人收的戰士

文學有時描述戰士保家衛國的豪情壯志，有時反映戰爭帶來的摧殘。

例如《樂府詩集》〈企喻歌辭〉：「男兒欲作健，結伴不須多。鷂子經天飛，群雀兩向波。」生動描繪士兵英勇無畏，出場時氣勢非凡的景象。當代作家陳列〈老兵紀念〉描寫軍人的英姿：「聽他們高亢的唱喊聲激盪著林間漸沉的暮色，如拍岸的潮湧……他們整齊晃動的背影正隨著地勢在我眼前緩緩上升。一些鳥叫驚掠飛逝。」傳達對戰士保家衛國的欽佩。

然而戰爭的本質終究是破壞。戰爭發生時，看似「健兒須快馬，快馬須健兒。跳跋黃塵下，然後別雄雌」（〈折楊柳歌辭〉）的英勇，但最終下場卻可能是「男兒可憐蟲，出門懷死憂。屍喪狹谷中，白骨無人收」（〈企喻歌辭〉）。

杜甫的〈兵車行〉詩句更進一步說：「生女猶得嫁比鄰，生男埋沒隨百草。」看似雄壯威武的馬上男兒，其背後付出的卻是家園被毀，親人離散，自身也隨草掩沒。

總結來說，〈十五從軍征〉的敘事力量貫穿歷代戰爭文學，揭示描繪戰爭的悲慘現實，警醒世人珍惜和平的珍貴。使我們能銜接古今，更深刻地理解與反思歷史的教訓。

（撰稿教師：周盈秀）

經典閱讀二

春日偶發事件

簡媜

我們坐在比富邑飯店大廳的咖啡座，聊春天的故事。從大年初一落雨到現在正月二十日了，還在滴滴答答地呻吟。按照農民曆的說法，正月十六才是雨水，今年節氣很怪，雨傘變成外出人的第三隻手。我幾乎替台北向她道歉，難得回國一趟卻遇到春泣。她居然說，其實很懷念冷雨街頭的感覺，口吻像個兒童。今天為她安排的節目很家常，中餐到安和路吃小店面的圓環老牌肉羹米粉配滷白菜、海帶絲，然後上IR喝下午茶；晚餐到談話頭吃小館，清蒸臭豆腐挺有名的，然後上比富邑喝咖啡。如果還有氣力，走幾步路到戲院看場電影。若未盡興，打算到PUB混，冷雨春夜喝杯小酒，燙一燙心窩。

我們倆，加起來八十多歲，照說春天的故事聊出來，是該雙份的。可是我發覺，春日的種種綺麗風情，像上蒼賜給每個人的一塊澆了蜂蜜的小薄餅，沒巴掌大，就算一抿抿地舔，也有舔光的時候。甜食尤其不耐回味，嘴巴裡盡是一陣餘酸，我們吃光了分內的，酸味也過了，現在連餅的樣子都記不得。

她問我忙些什麼？我說，還不是吃人家的飯、顧人家的飯鍋，能抽點空，熬自個兒的粥，就滿足了。有什麼打算呢？我認眞地回答，想存錢。旅行嗎？不，我說養老。

都三十多歲了，該爲五十歲時的自己打個底。年輕時不懂事，以爲人生還長，現在驚覺容得下我活蹦亂跳的年頭數得出來；別說身體蛀得比木頭還凶，就算硬朗，社會也要攆你下台的。萬一老病纏身，又沒那份福氣速速解脫，耗在病榻上，照我自己推算，到時方圓十里喊不到半條人影端杯水給我喝。我說，有能力砌半道牆給別人靠一靠是做人的福氣，沒能力鋪橋造路好歹挖個坑把自己埋妥當了，才算不欠。妳不該想這些，正月新春在我面前說混帳話。她瞪我。

可是她的眼眶紅了。這次回來吃什麼、見什麼特別有滋味，好像替即將不能吃、不能見的自己做最後巡禮。身體的零件該壞的都壞了，走起路來像收舊貨的拉一車破銅爛鐵，沿路掉鐵鎚鐵釘。她笑嘻嘻地說，彷彿靈魂飛出軀體，向我挖苦她所寄宿的屋子。分不清笑還是哭，她像舊式女人擒著手帕抿一抿眼角的淚，下半張臉卻擺著微笑。我想，笑的部分是靈魂的表情，淚的部分是軀體的屋子，嚴格說不叫淚，那是屋子的牆壁滲水。

年輕英俊的侍者端上蛋糕時，我們倆的牆壁滲水正好告一段落。沒想到她看著蛋糕卻掩臉啜泣。怎麼啦？我含著蛋糕問，我看妳的屋子何止漏水，簡直泡在水裡嘛！

昨天去探望一位親戚，九十三歲了，看我提一盒蛋糕去，笑得很開心……那好哇，身體沒問題吧！能走能自己吃飯洗澡洗衣，腦子很清楚，不用人家照顧。這該高興嘛，沒幾個人有這種晚福的！我陪她坐了三個多鐘頭，不走不行了，話說不出口，她握著我的手打瞌睡了，我不忍心抽出來……她的兒女呢？我含著蛋糕問。後來，她醒了，我說必須走了，下次回國再來看您；老人家笑著說，九十三歲了見一面算一面，妳自己要保重身體。她的兒女呢？我問。我走的時候，她捱著窗口對我揮手……

她現在住養老院，九十三歲還住養老院……她放聲哭，隔座的投來疑惑眼光。

兒女都「走」了嗎？那還有孫子啊！我說。什麼「走」了！七個兒女活得好好的，推來推去都不要養母親。老大說母親從小最疼老三，去跟老三吃；老三說從前母親賣地幫老二娶媳婦、創業，那筆款子到現在還不清不楚，弄明白了再說；女兒說我們姓別人家的姓了，何況祖產房契紙頭沒字紙尾也沒字，分財產是兒子的份兒，養母親是女兒的嗎？她的兒女都窮嗎？我問。什麼窮！房子好幾棟呢，她憤憤地說。

別哭了，有人活大半輩子也不明白，就算做乞丐討飯也得分半碗給父母吃的道理！父母肯跟我們過日子是我們的福氣，可是愈簡單的道理在現代變得愈高深！九十三歲的人還能端幾次飯碗？說不定她死前最溫暖的記憶是：有一年過年妳提一盒蛋糕去看她。

爲什麼？爲什麼這樣？她不斷拭淚。

我不知道。不過妳放心，萬一妳被送到養老院，我會提十盒蛋糕去看妳。十盒？她破涕而笑。

當然，請妳的院友們一起吃。

一九九二年四月　世界日報副刊

選文題解

本文選自散文集《胭脂盆地》，簡媜在〈序〉中表示，該書「記錄一個尚未根治漂泊宿疾的中年靈魂『我』在名爲『台北』城市裡的見習生涯。」全書猶如一幀幀小市民速寫。其中「第三輯　銀髮檔案」專寫老者故事。

簡媜年輕時曾是堅定的不婚主義者，認爲婚姻阻礙女人對自我的追尋。因而極早便對「一個人的晚年」做足保險與儲蓄規劃。〈春日偶發事件〉提及「忙著存錢養老」，反映了簡媜當時的生命情狀。然而隨著生命歷程的轉變，簡媜對於女性腳色有更多層次的思索，然而對於年長者的關懷，卻始終不變。晚近之作《誰在銀閃閃的地方，等你》，更是凝視生命的老、病、死，自言：「我們惜生之外也應該莊嚴地領受死亡，禮讚自己的一生終於完成。」

作者簡介

簡媜（A.D.1961～），本名簡敏媜，臺灣宜蘭人，是知名散文家，自稱「不可救藥的散文愛好者」，如《水問》、《女兒紅》、《月亮照眠床》等，皆爲享譽文壇的代表作。創作旁及繪本與小說，也曾從事外國繪本的譯介，主編過國內多種文學選集。

簡媜出身農家，十五歲離家北上就讀，對城鄉文化差異有強烈的感受，久久無法融入，自言高中時期活得孤單，「沉默得像一塊鐵，失去快樂的能力。」高二開始創作，自此與寫作結下不解之緣。大學畢業後，曾就職於佛光山普門寺、廣告公司撰寫文案、任出版社編輯……

等，以書寫爲終身職志。

簡媜情感豐沛、思維敏銳，對女性身爲女兒、妻子、母親的各種職分，有極爲細膩深刻的體悟。除此之外，日常關懷的面向也豐富多元，舉凡鄉土、親情、愛情、城鄉、育兒、老年、生死等，都是她深情觀照並深刻省思的議題。

閱讀指引

本文以「我」與友人「她」，兩位加起來八十幾歲的中壯年，在霪雨的春日，悠哉地坐在飯店享用咖啡、閒聊春天的故事。因一句日常的問候：「忙什麼呢？」帶出養老話題。

一、從後青春期的養老規劃談起

本文首先以平實淡然的筆調，娓娓陳述家常美食的行程，以一道道家常菜，呼應友人返國、返家的親切感，也暗示兩人友情的細水長流，加上星級飯店的背景，呈現出中產階級閒適悠哉的生活狀態。

正因兩人是舊時相識，既有過往青春的記憶，對照當前的身心處境，又設想老年，話鋒一轉，感嘆韶光易逝，「春日的種種綺麗風情，像上蒼賜給每個人的一塊澆了蜂蜜的小薄餅」，甜蜜過後，「嘴巴裡盡是一陣餘酸」。後青春期的話題，就這麼自然而然，轉向養生養老。

「年輕時不懂事，以爲人生還長」，容易忽略身體與生命都需要「養」；到了三十多歲，邁向五字頭，身體究竟是資產還是負債，就端看各自的生命規劃了。文中形容友人：「身體的零件該壞的都壞了，走起路來像收舊貨的拉一車破銅爛鐵，沿路掉鐵鎚鐵釘。」

這時文中巧妙安排「年輕英俊的侍者端上蛋糕」，用以對比兩人中年的身軀如滲水的牆壁——雖然前頭說「甜食尤其不耐回味」，但蛋糕總是好吃。

二、年長者的情感需求

文中以各種器物比擬日漸衰敗的身體，例如身體蛀得比木頭還兇、收舊貨的拉一車破銅爛鐵，甚至將流淚比擬爲滲水的牆壁——言下之意，身體就是一間屋宇。木頭、銅鐵、屋宇，貌似堅固，卻禁不起時間的摧折。

然而生命不單只是身體，還有心靈、思維、情感等物質以外的超越層面，因此，養生、養老，不單只是維護身體的屋宇，在心靈、尊嚴的層面，如何安頓，又是另一層深刻的議題。

友人隨即分享前往養老院探訪高齡親戚的經驗。就物質面來說，這位高齡老者，「能走能自己吃飯洗澡洗衣，腦子很清楚，不用人家照顧。」；住在養老院中也衣食無虞。

然而友人傷感其「七個兒女活得好好的，推來推去都不要養母親。」箇中還涉及親情偏心的指控、財產分配的公平與否，子女孝養的人倫價值，在種種干擾之下，變得一言難盡，友人雖爲老者的親戚，也只能爲其打抱不平。

文中深刻描寫老者的情感需求：老者即便已經體力不支，開始打盹，卻仍握著晚輩的手；送別時老者挨著窗口不斷揮手。文中並未強調老者如何孤單，而是描寫長輩「笑著說」見一面算一面，並叮囑晚輩要保重身體，反而更顯深沉。

三、怎樣才算是有晚福的人生

文中設想了幾項年長者的幸福與不幸。

能走能自己吃飯洗澡洗衣，腦子很清楚，不用人家照顧，這便算是晚福了。

至於不幸，則是「老病纏身，又沒那份福氣速速解脫」，屆時就算只是要喝杯水，也是種種不便。

然而我們對「老有所終」的期盼，就只是行動自如、頭腦清楚、飲食無虞，這些生命的基礎層次嗎？

不可否認，物質需求是生命尊嚴的基礎，因此，當友人問：「忙什麼呢？」——存錢、養老，「我認眞地回答」。嚴肅看待養老需要經濟基礎，因此，存錢不是爲了旅行等種種享樂，而是認眞地規劃未來。

隨即提到「該爲自己打個底」，轉向身體的健康。並且委婉點出社會隱藏的年齡歧視，「就算硬朗，社會也要攆你下台的」，一但失去工作收入，如何維持生活品質將是考驗，尤其對中老年人來說，轉換跑道更是挑戰。

乍看低盪、灰暗的前景，文中仍透露出點點光明，在直視難題並著手規劃之際，就是在解決困難。再者，文中最終以友情勸慰好友：「萬一妳被送到養老院，我會提十盒蛋糕去看你。」——請好友以及院友們一起吃蛋糕，表明情感的慰藉非常多元，與院友們同樂，也是一種可能。

然而需要強調的是，養老院對不同人來說，有各自的感受，必須彼此尊重。整個社會都必須思考，安頓老者的各種可能，誠如簡媜在《誰在銀閃閃的地方，等你》一書提及：

> 「老病死」不僅是社會也是家庭、個人的總體檢，不僅是肉身衰變，亦同步涉及家庭倫理、經濟、法律、宗教信仰、哲學素養……。一個人老了，不只是一個人的事，是一個家庭的事，整個社會的事。

（撰稿教師：洪英雪）

多元思考

1. 假設你現在要舉辦一場主題爲「老兵」的展覽，你認爲展場中（展覽場地與教室大小相同），應該放置什麼樣的文件與文物？又該如何爲老兵展覽命名？

2. 第一次世界大戰過後，德國納粹崛起，但各國因經濟、社會氣氛、國際角力等因素，反戰氣氛濃烈，當時英國首相張伯倫與德國簽訂《慕尼黑協定》，希望追求「我們時代的和平」。然而事後證明，第二次世界大戰終究爆發。所有人都反戰、希望追求和平。但不可諱言，和平也需要付成本。請思考和平需要付出什麼成本？和平的底線在哪裡？
3. 《莊子》有載：「夫大塊載我以形，勞我以生，佚我以老，息我以死。故善吾生者，乃所以善吾死也。」生命中的每個階段，都有其責任與價值、美好與優勢。在你眼裡，幾歲算老？請舉出至少五種以上，年老的好處與壞處。
4. 簡媜〈春日偶發事件〉點出老年的生命需求。試想當代社會中的老年人，生活中最可能遭遇到的問題有哪些？並進一步思考，從親屬、社會群體的角度，能提供哪些資源與解決方案。

延伸閱讀

〔唐〕杜甫：〈兵車行〉，清・仇兆鰲注：《杜詩詳注》（臺北：里仁書局，1980）

陳列：〈老兵紀念〉，《地上歲月》（臺北：印刻文學，2013）

簡媜：《誰在銀閃閃的地方，等你：老年書寫與凋零幻想》（臺北：印刻文學，2013）

請沿虛線剪下

作業練習

1. 「新樂府」強調「歌詩合為事而作」。當今的搖滾、嘻哈、饒舌音樂，也重視現實社會的慨嘆與政治的批判。請掌握此精神，將社會新聞改寫為具有韻律感的歌詞。
2. 簡媜在一場演講裡提到，老與病是不可逆的，身為子女「要有文學的眼睛、歷史的胸懷，你知道時間總有一天會帶走你的父母。」因此，把握時間多多陪伴聆聽，留住並傳承父母的故事，也是盡孝的一種方式。
   請你與最親近的親屬進行一場類訪談的對話，為長輩記錄一段生命中影響深遠、最想與人分享的故事。
3. 請同學們審視自己的家庭狀況，然後預先規劃：對你家中的長者而言，未來比較可能確實實現的養老方案是什麼？請先依照自己家中的實際狀況，設定你預劃解決方案時的整體家庭條件，例如當你家中的長者開始進入需要親屬照護的階段時，他們的整體生活條件如何？他們會有多少退休金？會否擁有房產？他們的個性如何？……等等。又：到了這個生命階段時，你是否已成家？你賴以為生的職業會是什麼？年收入是多少？……請在設想了上述種種具體條件的前提下，試著構想出最適合你家中長者的養老方案。設想問題時，請盡量基於自身的真實狀況，並加以簡報。

請沿虛線剪下

下卷　文化的傳衍

第十單元

生命的昇華

洪然升、劉梓潔

單元理念

生命不該停頓在生理與安全的需求，還有更高層次的愛與歸屬、尊重與認知的需求，以及對於美、對於自我的實現、對於超越價值的探索。生活不只是眼前的苟且，還有遠方。

有生命的層面，好比蘇軾，飽嚐生命的危難與生活的窘迫，在困頓中昇華。雖然也曾有途窮之嘆，歷盡風雨洗刷，此心安處，內觀生命本來澄清的面目。

也有生活的層面，在日常行止中，以美的靈視，覺察一花一世界，例如楊牧〈野櫻〉，沉浸在美的瞬間，彷彿逸離日常慣性的軌跡，用新的眼光看物，既是對物，當然也是對自己重新的認識。

經典閱讀一

定風波・南海歸贈王定國侍人寓娘　蘇軾

王定國歌兒曰柔奴，姓宇文氏，眉目娟麗，善應對。家世住京師。定國南遷歸，余問柔：「廣南風土，應是不好？」柔對曰：「此心安處，便是吾鄉。」因爲綴詞云。

常羨人間琢玉郎，天應乞與點酥娘。盡道清歌傳皓齒，風起，雪飛炎海變清涼。　萬里歸來顏愈少，微笑，笑時猶帶嶺梅香。試問嶺南應不好？卻道，此心安處是吾鄉。

六月二十日夜渡海　蘇軾

參橫斗轉欲三更，苦雨終風也解晴。
雲散月明誰點綴？天容海色本澄清。
空餘魯叟乘桴意，粗識軒轅奏樂聲。
九死南荒吾不恨，茲遊奇絕冠平生。

選文題解

蘇軾一生波折起伏，不僅下獄幾有性命之憂，貶謫的處境也十分困苦，甚至面臨「春江欲入戶」，大雨天江水暴漲，將近灌入屋內，瀕臨斷炊，「空庖煮寒菜，破竈燒濕葦」，淪落到居不安、食不飽的境地。

但其可貴之處，在於蘇軾既不否定困境，也不逃避困境，而是能直視困境，從中昇華，不僅能心安處之，甚至能站在超越的層次，以「遊」的眼光，看待生命的際遇。

作者簡介

蘇軾（A.D.1037～A.D.1101），字子瞻，自號「東坡居士」，學識淵博天資極高，於詩、詞、文皆稱一流，於書畫亦爲大家，乃罕見的文藝全才。

蘇軾畢生受政爭牽累。北宋神宗朝，宰相王安石執掌變法、銳意革新引發了新舊黨爭；而蘇軾與王安石政見不合，上書反對過切冒進之舉措。而後新黨人士以爲蘇軾詩文內容語多譏斥，故遭李定諸人群起彈劾、連番構陷，以妄自謗訕朝廷終而論罪，下文字獄，稱「烏臺詩案」，拘禁百日後流放黃州，謫居五載。後雖起用，又在政爭中屢屢貶謫，曾遠放至海南島。

綜觀蘇軾一生，幾經起落，然居朝日短，置外時長，或外放或貶謫，仕途坎坷。嘗作詩云：「自笑平生爲口忙，老來事業轉荒唐。」又云：「心似已灰之木，身如不繫之舟。問汝平生功業，黃州惠州儋州。」視自己的長期漂泊爲平生功業、荒唐事業，同時深知不斷遭貶乃因自身好議論之性格使然，而以自嘲且喟嘆的語氣總結自己的人生；難能可貴的是，從中亦隱隱呈現了一種逍遙無拘的人生境界。

閱讀指引

蘇軾因「烏臺詩案」遭逢政治生涯的重大挫折而被流放，友人王鞏（定國）亦受到牽連而遭貶。事件過後兩人得以重逢，蘇軾原以爲王定國「其怨我甚」，然而王鞏的侍從柔奴（寓娘）以「此心安處，便是吾鄉」回應，蘇軾遂作〈定風波〉贈之，寄寓了超然物外、隨遇而安的心境。

〈六月二十日夜渡海〉寫遇赦召還，自海南島離開，渡海北歸時之所見所感，並以「茲遊奇絕冠平生」形容貶謫的經歷，抒發了曠達的生命情懷。葉慶炳教授形容蘇軾：「能自拔於現實悲苦之外而不減其樂，處逆境之中仍能保有高曠之情操。」

一、貶謫愈趨邊陲，環境惡劣

蘇軾寫〈六月二十日夜渡海〉、〈定風波．南海歸贈王定國侍人寓娘〉皆源於貶謫經驗，但詩詞中不見阨困，只用炎海、苦雨終風、九死南荒寥寥數語，快速帶過。因此，要體會其中的超拔之處，必須先了解背景情境。

「烏臺詩案」牽連甚廣，與蘇軾私交甚篤的友人王鞏亦受牽累，遭到遠放。此番打擊不僅讓蘇軾淪落到「小屋如漁舟」（〈寒食詩〉），將近被水勢衝破的險境，對於王定國來說，同樣也是局勢艱困，「一子死貶所，一子死於家，定國亦病幾死」（〈王定國詩集序〉）。蘇軾與王定國同樣都曾在生死交關中徘徊。由此來看〈定風波．南海歸贈王定國侍人寓娘〉，「心安」不是順境時的空話，而是經歷逆境後，心仍能安的修養。

之後又幾經黨爭。哲宗立，宣仁太后聽政，起用舊黨；至哲宗親政，則以新黨整肅舊黨人士，此時蘇軾又因議論獲罪，遭外放至今之廣東，再至海南島，愈趨邊陲。蘇軾滯居海南島三年有餘，直至哲宗病危、徽宗即位，因大赦方得以召還。

蘇軾赴海南島前，已做好生死訣別的準備，「今到海南，首當作棺，次便作墓」（〈到昌化軍謝表〉），以為不可能生還。至於在海南的生活，則是「病無藥，居無室」（〈與程秀才三首之一〉），親身搭建簡易的茅舍，僅供遮風避雨而已。由此更能顯見〈六月二十日夜渡海〉所謂「九死南荒」並非空泛的形容詞，而是親身的遭遇。經歷九死的遭遇猶能不恨，已然昇華生命的境界。

二、人也不堪其憂，我輩「心安」、「不恨」

夫子說：「一簞食，一瓢飲，在陋巷，人不堪其憂，回也不改其樂。」飲食居住是外在的物質環境，憂樂則是內在的心理狀態。對常人來說，物質環境會直接影響心理，然而所謂生命境界的修養，正是能以心轉境，所以能達到君子無入而不自得。

「烏臺詩案」後，王定國奉旨北歸，而後蘇軾亦返京城。面對困頓近死的貶謫經驗，蘇軾則作〈定風波．南海歸贈王定國侍人寓娘〉描述人安好，心也安好的生命境況。

全篇從身入心，先以「琢玉郎」描寫王定國風神俊朗的形象，柔奴則天生麗質，也能自作曲、能歌唱，隨之以「萬里歸來顏愈少」總寫二人北返後的容貌神態——在歲月的流逝、貶謫的經歷下，神態仍保有青春的生命力，呈現出由內鑠而外顯的堅韌生命素質。

蘇軾不只一次形容王定國顏色如故：「頃者竄逐萬里，偶獲生還，而容貌如故，志氣愈厲。」（〈辨舉王鞏劄子〉）柔奴甚且能以「微笑」回應劫難，「笑時猶帶嶺梅香」。蘇軾問柔奴：「廣南風土，應是不好？」直接指問貶謫的艱險，柔奴答曰：「此心安處是吾鄉。」在問答之間，雙方都是坦然面對困頓經驗，心安一切安，不只傳達了柔奴身處逆境仍能保持樂觀、自適、豁達的心境，當然也是蘇軾面對政治起落能超然物外、隨遇而安的自我寫照。

孰料蘇軾晚年又再面臨遠貶海南島的困境，蘇軾時年已逾六十，身陷「病無藥，居無室」的境地，未曾想能有回返的一日。〈六月二十日夜渡海〉則總結這一段生命經驗，融寫景、抒情、議論於一，帶出人事以及相關感受——面對「苦雨終風」、「九死南荒」的困頓經驗，蘇軾卻言「不恨」。

何以能如此？因為「雲散月明誰點綴？天容海色本澄清。」既寫出眼前景，也道出心中境，海天包容，一切本然澄清。但也不否認遭受誣陷、心有餘悸的經歷，曾經烏雲蔽月，而今雲散月明——誰還能點綴打擾？如果本心澄清。

三、昇華到「遊」的生命境界

〈六月二十日夜渡海〉最後以「九死南荒吾不恨，茲遊奇絕冠平生」結尾，以「遊」詮解九死南荒的經歷，最堪玩味。

首先，「遊」當然解釋成貶謫南海而還的整段經歷，遊而歷之。再者，「遊」更是一種人生自在自得的「適己」境界，因逍遙而能遊。正因生命開展出此境界，所以蘇軾能「不恨」，進而認爲此「遊」所見「奇絕」之景「冠平生」。

蘇軾〈在儋耳書〉所記：「吾始至南海，環視天水無際，淒然傷之，曰：『何時得出此島耶？』已而思之，天地在積水中，九州在大瀛海中，中國在少海中，有生孰不在島者？……念此可以一笑。」從初臨海南島時渴盼離開，終而體悟天地九州，而非是一座爲大海所包圍的大島，遂從「淒然傷之」到「念此可以一笑」，心境轉換的跨度不可謂不大。可以說蘇軾透過「遊」，將人生不幸之遭逢，轉化成正向的不負此遊、不虛此行的人生體認，亦可視爲生命昇華的明證。

雖歷盡憂患，認識本來面目，生活得以沉澱、性情得以磨練、人格得以明淨，生命亦得以成熟。

（撰稿教師：洪然升）

經典閱讀二

野　櫻　楊牧

1

他們不經心地望着遠方的雪山和湖水，或者瀏覽草地，談到了青松和黃楊。然後有人隨意問我：「這是甚麼？」我說是一棵野櫻。他們接着是沉默，或者談論些別的，但最後總又繞回來提那野櫻。往往就是如此。太陽照在往返碧綠的山坡上，窗外寂寂然沒有聲息。我也看到午後的鳥雀在林木間穿梭，但聽不見它們的啁啾。隔着兩層玻璃，野櫻在悄悄搖擺它的細枝，豐美的葉子反覆閃光。風在吹，但我們都聽不見風。

我第一次注意到那野櫻，可能就是去年初秋的時候吧。在那以前我時常看到它，可是並沒有認眞想它。我注意到它的葉子正在逐漸轉黃，有時劇烈地拍擊着，那是凜然的秋氣感動了它。金黃的小葉映在嫩綠廣袚的草地上，如夜來蒼穹發光的星座。我坐下，又站起來，迫近窗玻璃去看，像一個中世紀寺院裏追蹤星體的僧侶，架起簡陋的望遠鏡，聚精會神地尋覓；沒有太多重要的目標，只有一些假設，一些想像。時常就那樣久久地，久久地注視，對着千萬陌生的發光體，看它們交替閃爍，穿插着神話和傳說，我難免就相信了，相信眼前多了一片輝煌的小宇宙，羣星的故鄉，在秋風裏持續拍擊着的，本來就是一棵樹葉金黃，一天比一比濃烈的，是瞬息變化的野櫻。我那時眞正注意到它。

野櫻開始落葉。起先稀奇地飄下幾片，在強風中翻滾，一下子就飛到眼睛找不到的地方去了，而樹上兀自顫抖的，是環環層疊的星辰。有一天草地很溼，我注意到黃葉落下來大半停在上面，再也飛不起來了。秋還不那麼深，遇到多風的下午，野櫻依然搖擺細枝，那樣落拓地讓葉子一片一片跌到土地上，似乎是沒有一絲怨尤的，帶着垂老的寧謐和果敢，也沒有任何拒斥或介入的神色，對時間完全漠然；歲月悠悠，有情天地裏獨多一種無情，一種放棄。然而我又設想，寒冷的土地裏，誰說它那堅持的鬚根不又向下延伸了三尺？

就有那麼一夜，我走到任何房間都聽到松濤澎湃，是來自遙遠的谷壑，我所不能確定的甚麼方向，浪遊了許多海岬和山頭，吹過來的陣陣大風，誇張地撼動着蒼鬱的巨松，發出一種令人入神的呼吼，彷彿帶着憤怒和驕傲，在山坡下狂吹。隔了兩道玻璃，我終於聽見風聲了。那風聲不停地響着，綿綿翻滾，眞如同曩昔童稚伏枕傾聽的浪頭，一波接一波向我們黑暗的沙灘攻打着，在四季平常的光陰裏，我敏感地數着那潮水的速度，想像岸上幾盞捕魚人的風燈在殘星下明滅；數着潮水數着燈，眼瞼垂落下來，沉沉睡在蚊帳裏。然而在通過無數歲月的磨難後，我坐在籐椅上側聞那熟悉的濤聲，試着摸索時光隧道向前追憶，似眞似假，終於了悟一切都是假的，那些已經退隱到愚騃世界的一隅，而我木然想像，燈在遙遠的天涯，潮水在失去了我的海角。我在深秋的子夜思量着，看到自己遲緩的腳步，跋涉了許多道路，似眞似假，卻又都是眞的。

就有那麼一夜，我睡在重來的愚騃世界裏。夢裏海灣的水位在漲，浮滿悉數出現的星光，複沓的歌謠交錯進行，一再來往拉長。我忽然驚醒，披衣外望，在那勁挺凌厲的空氣裏，彷彿天外射進無窮的光，我看到那野櫻正無告地脫落着千萬片發亮的葉子，枝幹劇烈地擺動，向四個方向旋轉，而細微的葉子就在我目睹之下快速地飄舞，狂飛，掉下，如夢幻的流星雨。

2

我想我終於又忘掉了它，那遽然擺脫所有葉子，毫不憐惜地放棄着的一棵野櫻，在睡夢中。

第二天我記起來的時候，匆匆趨近窗口去張望，只見禿盡的枝幹默默立在大風裏，沒有聲音，沒有光彩，也不再婆娑搖動了。我那時正在看一本舊書，來不及放下，就用手指頭夾住中斷閱讀那兩頁，站在那裏看它。午前的山坡充塞了寒意，大風沒有方向地吹着，常綠的松柏猛烈搖着擺動着，而野櫻樹下，遠近，落滿了金黃的細葉，貼着草地向四面平鋪過去，濃淡均勻。我知道它一年的辛勞剛毅，這持久養護的過程已經到了一個終點，從這刻開始，直到來年抽芽再生，正是它緘默休息的時候，沒有聲音，沒有光彩，也不再婆娑搖動了。這其中似乎包涵了甚麼生命的訊息，燦爛與平淡，豐美和枯槁，似乎傳遞着一種哲理，關於勞動，收穫，虛無，美等等問題，似乎是抽象的，也許很實際，關於激越的感情，冷漠，追求，遺忘，和美。我被那景象撈捕，心神隨外界的變化在飄蕩，不能自已，卻於瞬息刹那間感覺是超越了，看不見那景象。我坐下來，發現手裏還抓住那本讀了一半的書，翻開來，心神恍惚，果然完全不記得剛才讀的是甚麼。我認眞凝聚去回想，看那章節，原來是記述列寧：

> 又有一次，他和高爾基一起聽貝多芬的「激情曲」（Appassionata）。「世界上再也沒有任何音樂可以比這『激情曲』更偉大的了。」他說：「我恨不得每天都聽一遍，不可思議的，超人的音樂啊！我時常因此就覺得自豪——也許我太天真——人類原來竟能創造出如此驚人的東西。」

到這裏爲止，甚至列寧都不難理解。貝多芬的音樂力能使他這種人物也宣佈是那樣屈服了，我這樣想，繼續看下去：

> 然後他眼神閃爍笑了一下，苦悶地說：「可是我這個人不能時常聽音樂。音樂感動你的神經，教你想去恭維那些活在這骯髒地獄卻還創造得出那種美的傢伙，想對他們說幾句爛好話，摸摸他們的頭。這個時代——你可不能摸他們的頭，說不定人家還會反咬你一口。你得重重敲他們的頭，對任何人都非使用壓力不可。唉，哼，我們的責任重大，困難得要命。」

我把書放下，茫然看那禿樹和草地上的落葉，感到委棄的千萬顆星辰又開始發亮了，是一種激越而冷肅的美，我們必須把握的一種經驗。我恍然覺悟，原來列寧他們就是這樣的，原來以意識型態判斷人情和藝術的理論還有這樣一個乖戾的根據。

那野櫻靜靜立在窗外。這時我似乎看到它所有的光彩了，聽見那裏以無窮層次拔起的聲音，天籟，一種激越而冷肅的美，是可以恭維讚頌，可以擁抱膜拜的，被我們搶救回來的Appassionata……

3

殘雪從那野櫻枝頭掉下來。

地上的水漬在太陽光下反射着白雲的形狀。最後一次殘雪融盡的時候，其實春天已經算是遲到了，忽然就在我不遑省識之間，像針頭一般細小的新葉竟已佈滿了飽和的槎枒，輕盈，明快，妥貼。那時我方才有了一口巨大的水缸，是一口棗黃陶塑的朝天甕；我每天忙着思考如何使用它；我在缸裏盛了足夠的水，其餘就不知道從何着手了；我想不出除了盛水以外，這缸裏還可以種植些甚麼。我四處寫信去問人。那水缸佔去了我大半初春的光陰。

葉子急速地長大，就在我不太注意它的時候，野櫻面向我的這一邊已經張起漠漠的綠網。這其中大概也有某種訊息和哲理，但我不想追究了。然而就在葉子沒有完全長大的時候，那野櫻彷彿已在枝頭處處着花——彷彿是的，彷彿也未必。天氣乍暖還冷，有時驟雨背後照着強烈的陽光，在湖心搭起一道艷麗的彩虹，如同層疊拔高的音樂，如Appassionata，令人怦然心動。就是那樣怦然心動，回到簡單明瞭的浪漫時代，在那短暫的午後時光，彩虹高高越過那野櫻梢頭，兩邊向南北垂落。我不免警覺，說不定根據某種意識型態的原則，這個和那些都是一樣的，都在排斥之列。

有時是冰雹。

有時是風。

那天早上我站在窗口接電話，記不得對方在說甚麼了，不外乎人情虛實和關懷的眞假。我眼睛望着那野櫻以及它周遭的空間，無聊地應對着。忽然窗外飄過片片細微的白點，輕輕飛揚，散落。我驚奇地打斷話題說：「下雪了——」對方說我大概神經錯亂了，這不可能是下雪的天氣，季節不對。我無意爭執，遂聚精會神瞪着那細雪，一時不知道對方在電話裏說些甚麼，只聽到片段嗚嗡的聲響，像子夜在別人屋頂上猶疑不前的貓叫。雪在輕輕悄悄地飛舞，我想。然後我又想：不可能，那不是雪，是春寒料峭裏小風吹落了野櫻枝頭的花蕊，那麼細，那麼動人，卻不是雪。我讓朋友把話講完，道別以前又重複一次「下雪了」，縱使我已經完全確定那並不是雪。虛實之間總是枉然，何況那野櫻正以它全部的氣力脫落它所有的繁華，持續地，放棄地脫落它的繁華。

4

如今在熾熱的金陽下，那野櫻已經長好了葉子，強烈的生命以明顯的層次向高空舉起，果然如我所預期的，毫不靦覥，甚至擴散到四周的空氣裏去了。濃厚的影子拋向大地，隨日頭移動而拉長，遠遠漫向草地的中央。「那是甚麼？」他們也還可能這樣問我，而我從來不覺得厭倦。我說是一棵野櫻：落葉，抽芽，生花，並且就滿滿的長好了，當夏天來到的時候。

「你爲甚麼這樣注意它？」有人問。

——楊牧〈野櫻〉（選自洪範版《亭午之鷹》）

選文題解

〈野櫻〉描述作者住家窗外山坡上的一棵野櫻，由秋季落葉、歷經冬日光禿，到夏天長滿葉子。以野櫻的興衰榮枯生命歷程爲敘述經線，並以作者體悟自我生命的意義爲緯線串聯成文，透過時而抒情、時而知性的筆調，帶領讀者由實入虛，由眼前眞實存在的自然景象，穿入形而上的省思感悟，進而打破虛實、榮枯、燦爛平淡、凋零重生等界線，融入生生不息的流轉。

作者簡介

楊牧（A.D.1940～A.D.2020），本名王靖獻，生於臺灣花蓮，東海大學外文系學士、美國愛荷華創作碩士、柏克萊加州大學比較文學博士。楊牧自高中時代即活躍詩壇，以「葉珊」爲筆名，風格洋溢浪漫主義。至赴美留學期間，時逢越戰，美國校園學生運動高張，楊牧親身浸潤，風格一轉，由浪漫抒情轉向現實批判與社會關懷，後期創作主題則轉向超越意義的思索。

筆耕六十年，始終創作不輟，畢生投入生命思索與詩藝鍛鍊，著作等身。詩、散文、評論、翻譯皆卓然成家，影響後進無數。也與文人葉步榮、詩人瘂弦等人共同創辦洪範書店，爲臺灣純文學出版重鎭。

楊牧並分別於美國、臺灣、香港等地大學任教，從事教育和研究工作。1996年應邀回到故鄉花蓮，晚年希望「將完整的一生留在花蓮」，捐出其畢生珍貴藏書、詩集與手稿予東華大學。

閱讀指引

一、留心日常，美的超越意義

馬斯洛提出需求理論，認爲每個人都有「生理」、「安全」、「歸屬感和愛」等生命的需求，生命層次的提升，便是往高階需求的滿足而邁進，其中便包含高階的「審美需求」。

正因審美是高階的層次，所以生命雖然有此需求，但未必能觸及。本文一開始便點明，看待自然環境、生活周遭，乃至於藝術美學，每個人有不同的態度。「他們不經心地望着遠方的雪山和湖水，或者瀏覽草地，談到了青松和黃楊。然後有人隨意問我：『這是甚麼？』我說是一棵野櫻。」本文破題便點出，有一類人面對雪山、湖水、青松等等並不留心，只是作爲過渡的話題，漫不經心地看、隨口地問。

文中甚至還指出有第二類人，直接否定美的意義，以列寧爲例，在聆聽貝多芬的「激情曲」時，分明已震懾於崇高之美，感嘆「人類原來竟能創造出如此驚人的東西」，但列寧卻因爲個人的意識形態作祟，否定美的價值，並自以爲責任重大。

此外還有第三類人，是在靜觀、細觀中，體察深刻的意義，實踐審美的需求。以本文主角「我」來說，全副的心神觀察野櫻的生長。對自然的觀察與好奇是科學與美學共通的基礎。本文在此基礎上，將個人的想像力與感受生命投注其間，不僅是朝美的感悟，更是藉以思索美學背後的超越價值。

對此，本文精準描述主角一霎時對美的感悟：在電話時驚呼下雪了，將繽紛落英錯以爲是片片雪花，隨即意識到季節不對，再仔細觀察後，確認是野櫻枝頭的花蕊，但是在掛電話時，卻又重複一次下雪了。

主角在第一時間的驚呼，是視覺觀看帶來的直覺反應，並未經過客觀的觀察、理性的判斷，屬於直覺感受上的眞實。

隨後則導入理性觀察的層面，評估天氣季節的合理性、細察眞相，得知是春寒料峭裏小風吹落了野櫻枝頭的花蕊，屬於客觀的眞實。

最後，在掛電話前「縱使我已經完全確定那並不是雪」，卻仍強調下雪了，乃是建立在眞相的基礎上，以美的感受爲依歸，導向價值判斷的眞實。由此可見，本文對美的探索，乃是結合直覺的感知與客觀理性的判斷，追求更高層次的超越意義。

二、連結生命經驗，與大我共鳴

本篇描寫野櫻由衰到盛，從落葉枯枝，寫到落英繽紛，而後亭亭綠葉，從中體悟大自然運行的生命力，在升沉起落與流轉變換間，煥發新的力量，從而確立莊嚴的意義：「強烈的生命以明顯的層次向高空舉起……濃厚的影子拋向大地，隨日頭移動而拉長，遠遠漫向草地的中央。」

並且進一步將野櫻的衰榮，連結個人生命的成長，從觀看野櫻回溯到童年經驗，與童稚伏枕聽的浪頭、海潮聲、星光、落葉交織串聯：「我看到那野櫻正無告地脫落着千萬片發亮的葉子，枝幹劇烈地擺動，向四個方向旋轉，而細微的葉子就在我目睹之下快速地飄舞，狂飛，掉下，如夢幻的流星雨」將落葉與流星交互比擬，彷彿整個星空都是亭亭滿蓋的大樹，以此展示自然大我的運行。

換句話說，從靜觀到細觀，不僅是對美的感悟，更試圖體察超越的意義。因此，對主角我來說，所謂大自然的生命力，是個體之我、野櫻，乃至於自然萬物共同的體驗，宇宙頻率的共振，野櫻的衰頹與生長與我個人生命，相互呼應。

相對於這澎湃運作的大自然運行之力，人事的糾葛則顯得渺小——然而我們都在人世中打滾，忽略了大自然超越的意義。對此，本文反覆提問何爲眞假：「試著摸索時光隧道向前追憶，似眞似假，終於了悟一切都是假的，……我在深秋的子夜思量着，看到自己遲緩的腳步，跋涉了許多道路，似眞似假，卻又都是眞的。」強調在時間的淘洗下，切身的經歷成爲記憶，彷彿幻夢，但是生命的成長、心境的變化又無從否認。

三、語言豐富多變，彰顯形式之美

有豐富的語言表達，才能乘載繁複的訊息。以此觀之，本文雖然揭櫫生命的訊息，但是採取開放式的答案：「這其中似乎包涵了甚麼生命的訊息，燦爛與平淡，豐美與枯槁，似乎傳遞着一種哲理，關於勞動，收穫，虛無，美等等問題，似乎是抽象的，也許很實際，關於激越的感情，冷漠，追求，遺忘，和美。」當中許多訊息彼此相互衝突，與邏輯推論相悖，但就生命經驗的感受來講，卻又合情合理。

換句話說，所謂生命的訊息，本該能包含，乃至超越二元對立。在這樣的情況之下，本文並不採用邏輯論述的方式進行推論，而是透過具體的形象展現，帶領讀者進入到情境之中，浸潤感染。

因此可以看到，文中以流星落葉的比擬，指向宇宙星空的大我，透過形象化的呈現取代論述，引導讀者進入到情境之中。並且爲了搭配情境的感染力，語言的表達形式也顯得豐富多變，有時單句成行，例如「有時是冰雹。／有時是風。」；有時爲了打破線性的推論，營造出語句的衝突，例如「似眞似假，終於了悟一切都是假的……似眞似假，卻又都是眞的。」；有時則搭配思維的轉折，兩次說「下雪了」，吐露的意涵卻井然有別。

由此可見，本文闡述的內容與表達的方式相互搭配，在內容端，闡述從自然生活環境中體察美的超越意義；在表達形式上，則以具體的形象、豐富多變的句勢，彰顯形式之美。

（撰稿教師：劉梓潔）

多元思考

1. 生命常受環境制約，或受外物牽絆，也不免面臨難關，請從你所經歷的挫折事件，任擇一例，分享當下自己的情緒、心境以及事後的省思以及自處之道。
2. 請把自己的生命或生活當成文本進行閱讀並從中擷取訊息，那麼你生命中的重要時刻爲何？而你生活中又有哪些具備美感的畫面？請與大家分享。

延伸閱讀

衣若芬：《陪你去看蘇東坡》（臺北：有鹿文化事業有限公司，2020）

衣若芬：《倍萬自愛——學著蘇東坡愛自己・享受快意人生》（臺北：有鹿文化事業有限公司，2021）

楊牧：〈亭午之鷹〉，《亭午之鷹》（臺北：洪範書店，1996）

〈蘇軾貶謫行跡圖〉，見「翰林出版」製作，網址：https://www.youtube.com/watch?v=jVKDfwzmcLI

請沿虛線剪下

作業練習

1. 蘇軾〈定風波·南海歸贈王定國侍人寓娘〉、〈六月二十日夜渡海〉用「天容海色本澄清」的姿態，回應生命的處境。然而當我們閱讀他者的故事時，更重要的是如何反觀自身。請依「焦點討論法」（O. R. I. D）的提問，建立你與這兩篇文章的連結。

(1) O（objective level）——客觀性層次

你從這兩篇作品中看到什麼客觀的資訊？

(2) R（reflective level）——反應性層次

閱讀這兩篇作品後，你產生什麼感受？為什麼？（200字）

(3) I（interpretive level）——詮釋性層次

這兩篇作品中，有什麼訊息對你而言很重要？為什麼？（200字）

(4) D（decisional level）——決定性層次

深入閱讀這兩篇作品後，你想要有什麼改變？或採取什麼行動？為什麼？（200字）

請沿虛線剪下

Note

Note

Note

國家圖書館出版品預行編目資料

我是誰？一本小書也是一本大書（修訂一版）／何寄澎主編. 徐培晃副主編. 吳東晟, 李綉玲, 周盈秀, 洪英雪, 洪然升, 徐培晃, 梁雅英, 陳立安, 陳逸根, 曾愛玲, 隋利儀, 劉梓潔, 顏銘俊撰稿； -- 二版. -- 臺北市：五南圖書出版股份有限公司, 2024.09
面；　公分

ISBN 978-626-393-666-9(平裝)

1.國文科 2.讀本

836　　　113011771

1X3Q

我是誰？
一本小書也是一本大書（修訂一版）

主　　編— 何寄澎
副 主 編— 徐培晃
撰 稿 者— 吳東晟、李綉玲、周盈秀、洪英雪、洪然升
徐培晃、梁雅英、陳立安、陳逸根、曾愛玲
隋利儀、劉梓潔、顏銘俊
（依姓名筆劃排序）
發 行 人— 楊榮川
總 經 理— 楊士清
總 編 輯— 楊秀麗
副總編輯— 黃惠娟
責任編輯— 魯曉玟
封面設計— 林依瑩、韓衣非
出 版 者— 五南圖書出版股份有限公司
地　　址：106台北市大安區和平東路二段339號4樓
電　　話：(02)2705-5066　　傳　　真：(02)2706-6100
網　　址：https://www.wunan.com.tw
電子郵件：wunan@wunan.com.tw
劃撥帳號：01068953
戶　　名：五南圖書出版股份有限公司
法律顧問　林勝安律師
出版日期　2023年 9 月初版一刷（共二刷）
2024年 9 月二版一刷
定　　價　新臺幣380元